文學大師的25堂寫作課

導讀　梁科慶　阿谷　周淑屏

編選　周淑屏

文學大師的25堂寫作課
導讀／梁科慶　阿谷　周淑屏
策劃編輯／周淑屏
編輯／黃玉琼
美術設計／劉碧雲
出版發行／突破出版社
香港沙田亞公角山路33號突破青年村
電話：2632 0000　傳真：2632 0388
電郵：breakthrough@breakthrough.org.hk
網址：http://www.breakthrough.org.hk
http://www.btproduct.com
承印／陽光（彩美）印刷有限公司
2014年7月初版1刷
2019年9月初版4刷

Master's Writing Lessons
by Chow Suk Ping
First Printing, First Edition, July 2014
Fourth Printing, First Edition, September 2019

Printed in Hong Kong
ISBN 978-988-8246-31-1

誠邀閣下就突破出版社的書籍發表意見
歡迎加入突破書籍 Facebook page — http://www.facebook.com/btbooks.page
本書採用環保油墨印刷

人文價值

或坐在巨人的肩膀上，或呷一口書香，讓我們的生活漸次提升，讓眼界更見遼闊。

目錄

前言 6

記敘文

擇偶記 | 朱自清 8
導讀 / 阿谷 12
寫作指引 14

貓 | 鄭振鐸 17
導讀 / 阿谷 24
寫作指引 26

一個人在途上 | 郁達夫 28
導讀 / 阿谷 37
寫作指引 39

一件小事 | 魯迅 41
導讀 / 梁科慶 45
寫作指引 46

風箏 | 魯迅 49
導讀 / 梁科慶 53
寫作指引 54

從百草園到三味書屋 | 魯迅 56
導讀 / 梁科慶 63
寫作指引 64

蹲在洋車上 | 蕭紅 66
導讀 / 周淑屏 75

描寫文

綠｜朱自清 78
導讀 / 梁科慶 81
寫作指引 82

春｜朱自清 84
導讀 / 梁科慶 87
寫作指引 89

北海紀遊（節錄）｜朱湘 91
導讀 / 周淑屏 97

蟬與紡織娘｜鄭振鐸 99
導讀 / 阿谷 104
寫作指引 106

黃昏的觀前街｜鄭振鐸 108
導讀 / 周淑屏 114

白馬湖之冬｜夏丏尊 117
導讀 / 阿谷 120
寫作指引 122

魯迅翁雜憶｜夏丏尊 124
導讀 / 周淑屏 128

補破衣的老婦人｜許地山 130
導讀 / 周淑屏 133

九小時的萍水緣（節錄）｜徐志摩 135
導讀 / 周淑屏 139

差不多先生傳｜胡適 141
導讀 / 阿谷 144
寫作指引 146

我的母親（節錄）｜胡適 148
導讀 / 周淑屏 151

抒情文

兒女｜朱自清 154
導讀 / 梁科慶 163
寫作指引 164

生活的藝術｜夏丏尊 167
導讀 / 周淑屏 172

書｜朱湘 173
導讀 / 阿谷 177
寫作指引 179

落花生｜許地山 181
導讀 / 阿谷 183
寫作指引 185

父親的玳瑁｜魯彥 186
導讀 / 周淑屏 197

母親的時鐘｜魯彥 200
導讀 / 周淑屏 212

秋夜｜魯迅 216
導讀 / 梁科慶 219
寫作指引 220

前言

一、本書精選十一位五四時代作家的二十五篇作品，根據記敍、描寫、抒情三種文章體裁編排。

二、「導讀」部分分別由梁科慶、阿谷、周淑屏三位作家撰寫，以新穎、獨特、有趣的角度，和讀者一起欣賞這些美文。

三、大部分文章後附「寫作指引」，由編輯黃玉琼撰寫，參考公開考試的題型，提供指引讓讀者仿照範文的寫作方法試寫，希望於提升寫作技巧上有所裨益。

記敘文

擇偶記　朱自清

自己是長子長孫，所以不到十一歲就説起媳婦來了。那時對於媳婦這件事簡直茫然，不知怎麼一來，就已經説上了。是曾祖母娘家人，在江蘇北部一個小縣份的鄉下住着。家裏人都在那裏住過很久，大概也帶着我；只是太笨了，記憶裏沒有留下一點影子。祖母常常躺在煙榻上講那邊的事，提着這個那個鄉下人的名字。起初一切都像只在那白騰騰的煙氣裏。日子久了，不知不覺熟悉起來了，親昵起來了。除了住的地方，當時覺得那叫做「花園莊」的鄉下實在是最有趣的地方了。因此聽説媳婦就定在那裏，倒也彷彿理所當然，毫無意見。每年那邊田上有人來，藍布短打扮，銜着旱煙管，帶好些大麥粉，白薯乾兒之類。他們偶然也和家裏人提到那位小姐，大概比我大四歲，個兒高，小腳；但是那時我熱心的其實還是那些大麥粉和白薯乾兒。

段1

記得是十二歲上，那邊捎信來，說小姐癆病死了。家裏並沒有人歎惜，大約他們看見她時她還小，年代一多，也就想不清是怎樣一個人了。父親其時在外省做官，母親頗為我親事着急，便託了常來做衣服的裁縫做媒。為的是裁縫走的人家多，而且可以看見太太小姐。主意並沒有錯，裁縫來說一家人家，有錢，兩位小姐，一位是姨太太生的；他給說的是正太太生的大小姐。他說那邊要相親。母親答應了，定下日子，由裁縫帶我上茶館。記得那是冬天，到日子母親讓我穿上棗紅寧綢袍子，黑寧綢馬褂，戴上紅帽結兒的黑緞瓜皮小帽，又叮囑自己留心些。茶館裏遇見那位相親的先生，方面大耳，同我現在年紀差不多，布袍布馬褂，像是給誰穿着孝。這個人倒是慈祥的樣子，不住地打量我，也問了些唸什麼書一類的話。回來裁縫說人家看得很細：說我的「人中」長，不是短壽的樣子，又看我走路，怕腳上有毛病。總算讓人家看中了，該我們看人家了。母親派親信的老媽子去。老媽子的報告是，大小姐個兒比我大得多，坐下去滿滿一圈椅；二小姐倒苗苗條條的，母親說胖了不能生育，像親戚裏誰誰誰；教裁縫說二小姐。那邊似乎生了氣，不答應，事情就摧了。

段2

母親在牌桌上遇見一位太太，她有個女兒，透着聰明伶俐。母親有了心，回家說那姑娘和我同年，跳來跳去的，還是個孩子。隔了些日子，便託人探探那邊口氣。那邊做的官似乎比父親的更小，那時正是光復的前年，還講究這些，所以他們樂意做這門親。事情已到九成九，忽然出了岔子。本家叔祖母用的一個寡婦老媽子熟悉這家子的事，不知怎麼教母親打聽着了。叫她來問，她的話遮遮掩掩的。到底問出來了，原來那小姑娘是抱來的，可是她一家很寵她，和親生的一樣。母親心冷了。過了兩年，聽說她已生了癆病，吸上鴉片煙了。母親說，幸虧當時沒有定下來。我已懂得一些事了，也這末想着。

段 3

光復那年，父親生傷寒病，請了許多醫生看。最後請着一位武先生，那便是我後來的岳父。有一天，常去請醫生的聽差回來說，醫生家有位小姐。父親既然病着，母親自然更該擔心我的事。一聽這話，便追問下去。聽差原只順口談天，也說不出個所以然。母親便在醫生來時，教人問他轎夫，那位小姐是不是他家的。轎夫說是的。母親便和父親商量，託舅舅問醫生的意思。那天我正在父親病榻旁，聽見他們的對話。舅舅問明了小姐還沒有人家，便說，像 x 翁這樣人家怎末樣？醫生說，很好呀。話到此為止，接着便是相親；還是母親那個親信的老媽子去。這回報告不壞，說就是腳大些。事情這樣定局，母親教轎夫回去說，讓小姐裹上點兒腳。妻嫁過來後，說相親的時候早躲開了，看見的是另一個人。至於轎夫捎的信兒，卻引起了一段小小風波。岳父對岳母說，早教你給她裹腳，你不信；瞧，人家怎末說來着！岳母說，偏偏不裹，看他家怎末樣！可是到底採取了折衷的辦法，直到妻嫁過來的時候。

段 4

導讀

阿谷

「擇偶」這個題目其實起得不妙。所謂擇偶，就是選擇配偶。青年人無論男女，到了適婚年齡，都開始注意自己的終生幸福，冀望找到一個與自己匹配的另一半，結成終生伴侶。朱自清聽到關於論及他婚姻大事時，才得十一歲。擇偶恐怕還未對上他的人生議題，也輪不到他主動選擇，比方我們上第一所幼兒園，懵懵懂懂的讓大人帶去一個陌生的地方，二十年後，夠不着我來寫一篇「選校記」呢！

如果將題目改為「擇婦記」，那就十分有趣。朱自清一下子從故事的中心點，變成一個故事的旁觀敘事者：一眾長輩們如何為「選擇媳婦」一事費盡思量，記述的方式和筆調一下子輕鬆幽默起來了。

第一個幽默是類比的趣。那是一位江蘇姑娘，住在一個叫「花園莊」的好玩的地方。作者的祖母是一個説故事的能手，她「常常躺在煙榻上講那邊的事」，「日子久了，不知不覺熟悉起來了，親昵起來了」。而且，每次有人從「花園莊」來，都會帶大麥粉和白薯乾之類的食物。那些年，作者還是一名小孩，「熱心」「大麥粉和白薯乾兒」自然不過。類比好玩的地方和好吃的食物，這位江蘇姑娘自然地類比是好媳婦——「因此聽説媳婦就定在那裏，倒也彷彿理所當然。」可惜好媳婦未定下來便痨病死了！

第二個幽默是觀察的趣。朱自清的母親找來裁縫作媒，因為可以看見太太小姐。裁縫推薦一戶有錢人家，有兩位小姐，他要做媒的是正太太所生的大小姐。有錢人家先相親，約在茶館，作者給仔細地打量一番。觀察結果正面，因為作者「『人中』長，不是短壽的樣子」，但看走路的樣子，「怕腳上有毛病」。輪到朱家「觀相」，「老媽子的報告是，大小姐個兒比我大得多，坐下去滿滿一圈椅」，是不能生育的身材。奇怪的是，姨太太生的二小姐也在場給品評了，是「苗苗條條的」，母親要二小姐，事情就告吹了。

第三個幽默是命運的趣。「事情已到九成九，忽然出了岔子」，不管這個岔子出得合理不合理，總之事有湊巧，那是可以看成老天爺介入事件，所以，當作者的母親說：「幸虧當時沒有定下來。」作者的回應是：「我已懂得一些事了，也這末想着。」

最後一個出場的，當然就是朱自清的真命媳婦啦！如果你相信命中注定，得與失便能笑裏看。談一場自由戀愛，結一個文明婚姻是幸福，盲婚啞嫁亦不一定是悲劇，最重要的是好好守護着自選或被選的配偶啊！

寫作指引

〈擇偶記〉的文章結構很簡單，運用順敘法記述四次相親經歷，一次相親經歷便是一個段落，就這樣寫成由四個段落構成的文章。

朱自清將四個段落按事件的先後順敘來記述，每件事件都交代得清晰明瞭。能夠達到這種效果，最重要的是掌握記敘六要素，即時間、地點、人物、原因、經過、結果六項記敘元素的交代。記敘六要素雖然在低年級時已學習過，但作文時還是會經常遺漏。其實記敘六要素是寫作記敘文的基礎，只要六要素交代得清楚齊備，自然有條件寫好一篇記敘文。記敘六要素的出現形式和次序是隨個人寫作的安排而決定的，大家可看看〈擇偶記〉中四次相親的六要素：

	第一次相親	第二次相親	第三次相親	第四次相親
時間	作者不到十一歲時	作者父親在外省做官時	「那時正是光復的前年」	光復那年
地點	「在江蘇北部一個小縣份的鄉下」	裁縫帶作者上茶館相親	母親玩牌之處	作者自家和武醫生家
人物	小姐是曾祖母娘家人	裁縫的一個有錢客人家裏的兩位小姐	母親在牌桌上遇見的一位太太家中女兒	武醫生的女兒
原因	作者是長子長孫	母親頗為作者親事着急	那位太太的女兒聰明伶俐，「母親有了心」。	「父親既然病着，母親自然更該擔心我的事。」
經過	「那時對於媳婦這件事簡直茫然，不知怎麼一來，就已經說上了。」	相親的先生不住地打量作者，對方相中後，母親又派親信的老媽子到小姐家相親。	那位太太那邊家做的官比父親小，他們樂意做這門親，事情已到九成九。	母親請轎夫打聽、託舅舅說親，武醫生接受後，母親就派老媽子去相親。
結果	作者十二歲時，小姐癆病死了。	母親相中了姨太太生的二小姐，結果惹對方生氣而不答應。	後來打聽到小姑娘是抱來的，母親心冷了而沒有定下來。	親事說定了，只嫌小姐腳大。小姐嫁過來後，說相親時早已躲開。

在記敘文中，無論想寫一件事情，還是多件事情，只要像朱自清那樣，適當運用順敘法和記敘六要素，自然能寫作得順暢。大家可用「一次與同學做專題研習有感」為題來試作：

1. 首先回想平日在學校做的眾多專題研習，當中會有什麼的過程和進行方式，如與同學分工、開會討論、搜集資料、撰寫報告、口頭報告情況等等。

2. 在下筆前想好記敘六要素，按專題研習的內容列出時間、地點、人物、原因、經過、結果。

3. 然後以順敘法寫作做專題研習的經過。在做一次完整的專題研習的過程中，會包括很多零碎的互動歷程，會有與同學討論或協作的情況，經歷這些過程後，才能完成整個專題研習。這也可如同〈擇偶記〉般，按幾次事件的先後次序來記述，並在文章最後寫出自己的感受。

貓 鄭振鐸

我家養了好幾次貓，結局總是失蹤或死亡。三妹是最喜歡貓的，她常在課後回家時，逗着貓玩。有一次，從隔壁要了一隻新生的貓來。花白的毛，很活潑，常如帶着泥土的白雪球似的，在廊前太陽光裏滾來滾去。三妹常常的，取了一條紅帶，或一根繩子，在牠面前來回的拖搖着，牠便撲過來搶，又撲過去搶。我坐在籐椅上看着他們，可以微笑着消耗過一二小時的光陰，那時太陽光暖暖的照着，心上感着生命的新鮮與快樂。後來這隻貓不知怎地忽然消瘦了，也不肯吃東西，光澤的毛也污澀了，終日躺在廳上的椅下，不肯出來。三妹想着種種方法逗牠，牠都不理會。我們都很替牠憂鬱。三妹特地買了一個很小很小的銅鈴，用紅綾帶穿了，掛在牠頸下，但只顯得不相稱，牠只是毫無生意的，懶惰的，鬱悶的躺着。有一天中午，我從編譯所回來，三妹很難過的說道：「哥哥，小貓死了！」

段 1

我心裏也感着一縷的酸辛，可憐這兩月來相伴的小侶！當時只得安慰着三妹道：「不要緊，我再向別處要一隻來給你。」

段 2

隔了幾天，二妹從虹口舅舅家裏回來，她道，舅舅那裏有三四隻小貓，很有趣，正要送給人家。三妹便慫恿着她去拿一隻來。禮拜天，母親回來了，卻帶了一隻渾身黃色的小貓同來。立刻三妹一部分的注意，又被這隻黃色小貓吸引去了。這隻小貓較第一隻更有趣，更活潑。牠在園中亂跑，又會爬樹，有時蝴蝶安詳地飛過時，牠也會撲過去捉。牠似乎太活潑了，一點也不怕生人，有時由樹上躍到牆上，又跑到街上，在那裏曬太陽。我們都很為牠提心吊膽，一天都要「小貓呢？小貓呢？」查問得好幾次。每次總要尋找了一回，方才尋到。三妹常指牠笑着罵道：「你這小貓呀，要被乞丐捉去後才不會亂跑呢！」我回家吃中飯，總看見牠坐在鐵門外邊，一見我進門，便飛也似的跑進去了。飯後的娛樂，是看牠在爬樹。隱身在陽光隱約裏的綠葉中，好像在等待着要捉捕什麼似的。把牠抱了下來，一放手，又極快的爬上去了。過了二三個月，牠會捉鼠了。有一次，居然捉到一隻很肥大的鼠，自此，夜間便不再聽

見討厭的吱吱的聲了。 段3 ______

某一日清晨，我起牀來，披了衣下樓，沒有看見小貓，在小園裏找了一遍，也不見。心裏便有些亡失的預警。 段4 ______

「三妹，小貓呢？」 段5 ______

她慌忙的跑下樓來，答道：「我剛才也尋了一遍，沒有看見。」 段6 ______

家裏的人都忙亂的在尋找，但終於不見。 段7 ______

李嫂道：「我一早起來開門，還見牠在廳上。燒飯時，才不見了牠。」 段8 ______

大家都不高興，好像亡失了一個親愛的同伴，連向來不大喜歡牠的張嬸也說：「可惜，可惜，這樣好的一隻小貓。」 段9 ______

我心裏還有一線希望，以為牠偶然跑到遠處去，也許會認得歸途的。 段10 ______

午飯時，張嬸訴說道：「剛才遇到隔壁周家的丫頭，她說，早上看見我家的小貓在門外，被一個過路的人捉去了。」 段11 ______

段 12 於是這個亡失證實了。三妹很不高興的，咕嚕着道：「他們看見了，為什麼不出來阻止？他們明曉得牠是我家的！」

段 13 我也悵然的，憤恨的，在詛罵那個不知名的奪去我們所愛的東西的人。

段 14 自此，我家好久不養貓。

段 15 冬天的早晨，門口蜷伏着一隻很可憐的小貓。毛色是花白，但並不好看，又很瘦。牠伏着不去。我們如不取來留養，至少也要為冬寒與飢餓所殺。張嬸把牠拾了進來，每天給牠飯吃。但大家都不大喜歡牠，牠不活潑，也不像別的小貓之喜歡頑游，好像是具着天生的憂鬱性似的，連三妹那樣愛貓的，對於牠也不加注意。如此的，過了幾個月，牠在我家仍是一隻若有若無的動物。牠漸漸的肥胖了，但仍不活潑。大家在廊前曬太陽閒談着時，牠也常來蜷伏在母親或三妹的足下。三妹有時也逗着牠玩，但沒有對於前幾隻小貓那樣感興趣。有一天，牠因夜裏冷，鑽到火爐底下去，毛被燒脱好幾塊，更覺得難看了。

段 16 春天來了，牠成了一隻壯貓了，卻仍不改牠的憂鬱性，也不去捉鼠，終日懶惰的伏着，吃得胖胖的。

這時，妻買了一對黃色的芙蓉鳥來，掛在廊前，叫得很好聽。妻常常叮囑着張嬸換水，加鳥糧，洗刷籠子。那隻花白貓對於這一對黃鳥，似乎也特別注意，常常跳在桌上，對鳥籠凝望着。

段 17 ____________________

妻道：「張嬸，留心貓，牠會吃鳥呢。」

段 18 ____________________

張嬸便跑來把貓捉了去。隔一會，牠又跳上桌子對鳥籠凝望着了。

段 19 ____________________

一天，我下樓時，聽見張嬸在叫道：「鳥死了一隻，一條腿被咬去了，籠板上都是血。是什麼東西把牠咬死的？」

段 20 ____________________

我匆匆跑下去看，果然一隻鳥是死了，羽毛鬆散着，好像牠曾與牠的敵人掙扎了許久。

段 21 ____________________

我很憤怒，叫道：「一定是貓，一定是貓！」於是立刻便去找牠。

段 22 ____________________

妻聽見了，也匆匆地跑下來，看了死鳥，很難過，便道：「不是這貓咬死的還有誰？牠常常對鳥籠望着，我早就叫張嬸要小心了。張嬸！你為什麼不小心？」

段 23 ____________________

段 24　張嫿默默無言，不能有什麼話來辯護。

段 25　於是貓的罪狀證實了。大家都去找這可厭的貓，想給牠以一頓懲戒。找了半天，卻沒找到。我以為牠真是「畏罪潛逃」了。

段 26　三妹在樓上叫道：「貓在這裏了。」

段 27　牠躺在露台板上曬太陽，態度很安詳，嘴裏好像還在吃着什麼。我想，牠一定是在吃着這可憐的鳥的腿了，一時怒氣衝天，拿起樓門旁倚着的一根木棒，追過去打了一下。牠很悲楚地叫了一聲「咪嗚！」便逃到屋瓦上了。

段 28　我心裏還憤憤的，以為懲戒得還沒有快意。

段 29　隔了幾天，李嫂在樓下叫道：「貓，貓！又來吃鳥了。」同時我看見一隻黑貓飛快的逃過露台，嘴裏銜着一隻黃鳥。我開始覺得我是錯了！

段 30　我心裏十分的難過，真的，我的良心受傷了，我沒有判斷明白，便妄下斷語，冤苦了一隻不能說話辯訴的動物。想到牠的無抵抗的逃避，益使我感到我的暴怒，我的虐待，都是針，刺我的良心的針！

我很想補救我的過失，但牠是不能說話的，我將怎樣的對牠表白我的誤解呢？ 段 31 ________________

兩個月後，我們的貓忽然死在鄰家的屋脊上。我對於牠的亡失，比以前的兩隻貓的亡失，更難過得多。 段 32 ________________

我永無改正我的過失的機會了！ 段 33 ________________

自此，我家永不養貓。 段 34 ________________

阿谷

很多人都有飼養寵物的經驗，一讀到有關飼養經歷的文章，讀者大都讀得津津有味又能引起共鳴。飼養動物的經驗千奇百趣，小如養一隻小青龜到大如養一頭獅子。最可憐的寵物是雞，不只一次讀過名作家寫「雞」，通常是媽媽帶一隻小黃雞回家，到小黃雞慢慢長大，有了感情，一天，忽然變成晚餐桌上的一盤菜的慘絕人寰。

寫文章，最好從寫記敍文開始；寫記敍文，最好先由寫飼養寵物入手；而寫寵物，最佳主角則非「貓」莫屬了。不過由於養貓的經驗太普遍，所以要寫好一篇有關貓的文章絕不容易，要寫一篇出色的貓的記敍文更是難上加難，幸好我們有鄭振鐸先生。

鄭振鐸的〈貓〉，寫的是他與三隻貓的結緣，而最後導致他家「永不養貓」的底蘊。

第一隻貓是花白毛貓，雖則是養在作者家裏，但作者並不是愛貓之人，愛貓人其實是「三妹」，這隻貓卻讓作者培養出對貓的興趣：「我坐在藤椅上看着他們，可以微笑着消耗過一二小時的光陰，那時太陽光暖暖的照着，心上感着生命的新鮮與快樂。」但花白毛貓養了兩個月便病死了。

第二隻貓是小黃貓，用來代替死去的花白毛貓。在兩隻貓之間，不覺意又微妙地培養出作者對貓的情感，他對貓的關注又遞增了一層。如何得知呢？由於貓太活潑又不怕生，經常不在主人眼下，一眾主人「都很為牠提心吊膽，一天都要『小貓呢？小貓呢？』查問得好幾次。」這種關注的描述，同時又成了一個伏筆——這貓太野性了，早晚會失去。果然，一天牠跑出屋外，給過路人捉去了。

由於對貓已生出情感，這次的挫敗已讓作者萌生不養貓的念頭。所以，第三隻貓的出現是非主動的，牠長相不可愛，天生的憂鬱性，比前兩隻貓的更疏遠着。但偏偏這貓卻愈養愈胖，不會像第一隻貓的忽然病故，也不像第二隻貓的活潑得不知所蹤。彷彿牠此生都依附着這戶人家，沒有任何與主人分離的兆頭，然後才引出一段令作者畢生難忘和後悔一生的誤會。

作者最終是怯情了，不願再養貓。寫作的時候，用真實逼真的描述，來將情感作比較和遞進。很自然的，讀者的情緒在不知不覺間也跟着轉移。試問，三隻貓當中，你最有印象是哪一隻？如無意外，應該是最不起眼的第三隻貓！

這種文章的處理手法，最適用於記敍戀愛經驗：第一次、第二次戀愛，悔恨一生收場，而逃情了！

寫作指引

鄭振鐸的〈貓〉記述了自己家裏三次養貓的經歷，而在敍述過程中，作者運用的就是倒敍手法。在文章開頭第一句「我家養了好幾次貓，結局總是失蹤或死亡」，已清楚交代了故事的結局，然後就按照三次養貓經歷的順序來逐一記述。到文末，就帶出最終結局：「自此，我家永不養貓」，與文章開頭作出呼應。

三次亡失貓兒的原因不同，但每一次都比之前一次令作者更為傷痛，令文章結構形成一種層層遞進的效果：

第一次只養了新生小貓兩個月，牠就病死。與牠相處時間不多，記述的篇幅也自然簡略，只有簡單交代三妹逗貓和小貓消瘦的事，相對的作者感受亦不特別深刻，只是「感着一縷的酸辛」。

第二次的小貓除了是作者兄妹的玩伴外，還懂捉老鼠，相處時間較長，共同經歷較多，所以作者也用較多篇幅來記述。可是這隻活潑、能幹的小貓最終被過路人捉走了，而作者今次的感覺卻與第一次不同：「我也悵然的，憤恨的，在詛罵那個不知名的奪去我們所愛的東西的人。」

第三次收養的流浪貓與作者一家生活的時間最長，記述的內容因此特別長，而當中作者花了不少筆墨來詳寫冤枉貓吃掉黃鳥的事。真相大白後不久，貓卻死了，作者永無改正過失的機會，因此難過至極。

欣賞過鄭振鐸如何巧妙運用倒敍法後，大家不妨試作這條作文題目：「我是一雙被主人遺棄的鞋子」。

我們可在文章開始時，用倒敍法交代鞋子的結局，而題目中運用了「我」這第一人稱敍事，意味着寫作時必須將鞋子擬人化，將鞋子當作是自己來寫作鞋子的經歷和感情。然後，我們可以回憶一下從前「不平凡」的經歷。「不平凡」指的是超乎日常、與別不同的意思，造成「不平凡」有很多原因，與鞋子的特性、用途、設計、主人等也有關係。大家只要配合「不平凡」的字眼，像鄭振鐸記述三次養貓經歷般，來為這雙鞋子順序記述兩、三件經歷。最後一段，大家可作首尾呼應，呼應第一段，以這些經歷的總體感受作結。

一個人在途上　郁達夫

在東車站的長廊下和女人分開以後，自家又剩了孤零丁的一個。頻年飄泊慣的兩口兒，這一回的離散，倒也算不得什麼特別，可是端午節那天，龍兒剛死，到這時候北京城裏雖已起了秋風，但是計算起來，去兒子的死期，究竟還只有一百來天。在車座裏，稍稍把意識恢復轉來的時候，自家就想起了盧騷晚年的作品《孤獨散步者的夢想》的頭上的幾句話。

段 1

自家除了己身以外，已經沒有弟兄，沒有鄰人，沒有朋友，沒有社會了。自家在這世上，像這樣的，已經成了一個孤獨者了……

段 2

然而當年的盧騷還有棄養在孤兒院內的五個兒子，而我自己哩，連一個撫育到五歲的兒子都還抓不住！

段 3

離家的遠別，本來也只為想養活妻兒。去年在某大學的被逐，是萬料不到的事情。其後兵亂迭起，交通阻絕，當寒冬的十月，會病倒在滬上，也是誰也料想不到的。今年二月，好容易到得南方，靜息了一年之半，誰知這剛養得出趣的龍兒又會遭此凶疾呢？

段 4

龍兒的病報，本是在廣州得着，匆促北航，到了上海，接連接了幾個北京來的電報。換船到天津，已經是舊曆的五月初十。到家之夜，一見了門上的白紙條兒，心裏已經跳得慌亂，從蒼茫的暮色裏趕到哥哥家中，見了衰病的她，因為在大眾之前，勉強將感情壓住。草草吃了夜飯，上牀就寢，把電燈一滅，兩人只有緊抱的痛哭，痛哭，痛哭，只是痛哭，氣也換不過來，更哪裏有說一句話的餘裕？

段 5

受苦的時間，的確脫煞過去的太悠徐，今年的夏季，只是悲歎的連續。晚上上牀，兩口兒，哪敢提一句話？可憐這兩個迷散的靈心，在電燈滅黑的黝暗裏，所摸走的荒路，每會湊集在一條線上，這路的交叉點裏，只有一塊小小的墓碑，墓碑上只有「龍兒之墓」的四個紅字。

段 6

妻兒因為在浙江老家內不能和母親同住，不得已而搬往北京當時我在寄食的哥哥家去，是去年的四月中旬。那時候龍兒正長得肥滿可愛，一舉一動，處處教人歡喜。到了五月初，從某地回京，覺得哥哥家太狹小，就在什刹海的北岸，租定了一間渺小的住宅。夫妻兩個日日和龍兒伴樂，閑時也常在北海的荷花深處，及門前的楊柳中帶龍兒去走走。這一年的暑假，總算過得最快樂，最閑適。

段 7

秋風吹葉落的時候，別了龍兒和女人，再上某地大學去為朋友幫忙，當時他們倆還往西車站去送我來哩！這是去年秋晚的事情，想起來還同昨日的情形一樣。

段 8

過了一月，某地的學校裏發生事情，又回京了一次，在什刹海小住了兩星期，本來打算不再出京了，然礙於朋友的面子，又不得不於一天寒風刺骨的黃昏，上西車站去乘車。這時候因為怕龍兒要哭，自己和女人，吃過晚飯，便只說要往哥哥家裏去，只許他送我們到門口。記得那一天晚上，他一個人和老媽子立在門口，等我們倆去了好遠，還「爸爸！爸爸！」的叫了幾聲。啊啊，這幾聲的呼喚，是我在這世上聽到的他叫我的最後的聲音。

段 9

出京之後，到某地住了一宵，就匆促逃往上海。接續便染了病，遇了強盜輩的爭奪政權，其後赴南方暫住，一直到今年

的五月，才返北京。 段 10

想起來，龍兒實在是一個填債的兒子，是當亂離困厄的這幾年中間，特來安慰我和他娘的愁悶的使者！ 段 11

自從他在安慶生落地以來，我自己沒有一天脫離過苦悶，沒有一處安住到五個月以上。我的女人，也和我分擔當着十字架的重負，只是東西南北的奔波飄泊。然當日夜難安，悲苦得不了的時候，只教他的笑臉一開，女人和我就可以把一切窮愁，丟在腦後。而今年五月初十待我趕到北京的時候，他的屍體，早已在妙光閣的廣誼園地下躺着了。 段 12

他的病，說是腦膜炎。自從得病之日起，一直到舊曆端午節的午時絕命的時候止，中間經過有一個多月的光景。平時被我們寵壞了的他，聽說此番病裏，卻乖順得非常。叫他吃藥，他就大口的吃，叫他用冰枕，他就很柔順的躺上。病後還能說話的時候，只問他的娘，「爸爸幾時回來？」「爸爸在上海為我定做的小皮鞋，已經做好了沒有？」我的女人，於惑亂之餘，每幽幽地問他：「龍！你曉得你這一場病，會不會死的？」他老是很不願意的回答說：「哪兒會死的哩？」據女人含淚的告訴我說，他的談吐，絕不似一個五歲的小兒。 段 13

未病之前一個月的時候，有一天午後他在門口玩耍，看見西面來了一乘馬車，馬車裏坐着一個戴灰白帽子的青年。他遠遠看見，就急忙丟下了伴侶，跑進屋裏叫他娘出來，說「爸爸回來了，爸爸回來了！」因為我去年離京時所戴的，是一樣的一頂白灰呢帽。他娘跟他出來到門前，馬車已經過去了，他就死勁的拉住了他娘，哭喊着說：「爸爸怎麼不家來呀？爸爸怎麼不家來呀？」他娘說慰了半天，他還盡是哭着，這也是他娘含淚和我說的。現在回想起來，自己實在不該拋棄了他們，一
段 14 個人在外面流蕩，致使他那小小的靈心，常有望遠思親之痛。

去年六月，搬往什剎海之後，有一次我們在堤上散步，因為他看見了人家的汽車，硬是哭着要坐，被我痛打了一頓。又有一次，也是因為要穿洋服，受了我的毒打。這實在只能怪我做父親的沒有能力，不能做洋服給他穿，雇汽車給他坐。早知他要這樣的早死，我就是典當搶劫，也應該去弄一點錢來，滿足他的無邪的欲望。到現在追想起來，實在覺得對他不起，實
段 15 在是我太無容人之量了。

我女人說，瀕死的前五天，在病院裏，他連叫了幾夜的爸爸。她問他「叫爸爸幹什麼？」他又不響了，停一會兒，就又再叫起來，到了舊曆五月初三日，他已入了昏迷狀態，醫師替他抽骨髓，他只會直叫一聲「幹嗎？」喉頭的氣管，咯咯在抽咽，眼睛只往上吊送，口頭流些白沫，然而一口氣總不肯斷。

他娘哭叫幾聲「龍！龍！」他的眼角上，就迸流些眼淚出來，後來他娘看他苦得難過，倒對他說：

段 16

「龍，你若是沒有命的，就好好的去吧！你是不是想等爸爸回來？就是你爸爸回來，也不過是這樣的替你醫治罷了。龍！你有什麼不了的心願呢？龍！與其這樣的抽咽受苦，你還不如快快的去吧！」

段 17

他聽了這段話，眼角上的眼淚，更是湧流得厲害。到了舊曆端午節的午時，他竟等不着我的回來，終於斷氣了。

段 18

喪葬之後，女人搬往哥哥家裏，暫住了幾天。我於五月十日晚上，下車趕到什剎海的寓宅，打門打了半天，沒有應聲。後來抬頭一看，才見了一張告示郵差送信的白紙條。

段 19

自從龍兒生病以後，連日連夜看護久已倦了的她，又哪裏經得起最後的這一個打擊？自己當到京之夜，見了她的衰容，見了她的眼淚，又哪裏能夠不痛哭呢？

段 20

在哥哥家裏小住了兩三天，我因為想追求龍兒生前的遺迹，一定要女人和我仍復搬回什剎海的住宅去住它一兩個月。

段 21

搬回去那天，一進上屋的門，就見了一張被他玩破的今年正月裏的花燈。聽説這張花燈，是南城大姨媽送他的，因為他自家燒破了一個窟窿，他還哭過好幾次來的。

段 22

其次，便是上房裏磚上的幾堆燒紙錢的痕迹！當他下殮時燒給他的。

段 23

院子有一架葡萄，兩棵棗樹，去年採取葡萄棗子的時候，他站在樹下，兜起了大褂，仰頭在看樹上的我。我摘取一顆，丟入了他的大褂兜裏，他的哄笑聲，要繼續到三五分鐘。今年這兩棵棗樹結滿了青青的棗子，風起的半夜裏，老有熟極的棗子辭枝自落。女人和我，睡在牀上，有時候且哭且談，總要到更深人靜，方能入睡。在這樣的幽幽的談話中間，最怕聽的，就是這滴答的墜棗之聲。

段 24

到京的第二日，和女人去看他的墳墓。先在一家南紙鋪裏買了許多冥府的鈔票，預備去燒送給他。直到到了妙光閣的廣誼園塋地門前，她方從嗚咽裏清醒過來，説：「這是鈔票，他一個小孩如何用得呢？」就又回車轉來，到琉璃廠去買了些有孔的紙錢。她在墳前哭了一陣，把紙錢鈔票燒化的時候，卻叫着説：

段 25

「龍！這一堆是鈔票，你收在那裏，待長大了的時候再用，要買什麼，你先拿這一堆錢去用吧。」

段 26

這一天在他的墳上坐着，我們直到午後七點，太陽平西的時候，才回家來。臨走的時候，他娘還哭叫着說： 段 27

「龍！龍！你一個人在這裏不怕冷靜的麼？龍！龍！人家若來欺你，你晚上來告訴娘罷！你怎麼不想回來了呢？你怎麼夢也不來托一個呢？」 段 28

箱子裏，還有許多散放着的他的小衣服。今年北京的天氣，到七月中旬，已經是很冷了。當微涼的早晚，我們倆都想換上幾件夾衣，然而因為怕見他舊時的夾衣袍襪，我們倆卻盡是一天一天的捱着，誰也不說出口來，說「要換上件夾衫」。 段 29

有一次和女人在那裏睡午覺，她驟然從牀上坐了起來，鞋也不穿，光着襪子，跑上了上房起坐室裏，並且更掀簾跑上外面院子裏去。我也莫名其妙跟着她跑到外面的時候，只見她在那裏四面找尋什麼。找尋不着，呆立了一會，她忽然放聲哭了起來，並且抱住了我急急的追問說：「你聽不聽見？你聽不聽見？」哭完之後，她才告訴我說，在半醒半睡的中間，她聽見「娘！娘！」的叫了幾聲，的確是龍的聲音，她很堅硬的說：「的確是龍回來了。」 段 30

北京的朋友親戚，為安慰我們起見，今年夏天常請我們倆去吃飯聽戲，她老不願意和我同去，因為去年的六月，我們無段 31 論上哪裏去玩，龍兒是常和我們在一處的。

今年的一個暑假，就是這樣的，在悲歎和幻夢的中間消逝
段 32 了。

這一回南方來催我就道的信，過於匆促，出發之前，我覺
段 33 得還有一件大事情沒有做了。

中秋節前新搬了家，為修理房屋，部署雜事，就忙了一
個星期。出發之前，又因了種種瑣事，不能抽出空來，再上龍
兒的墓地去探望一回。女人上東車站來送我上車的時候，我心
裏盡酸一陣痛一陣的在回念這一件恨事。有好幾次想和她說出
來，教她於兩三日後再往妙光閣去探望一趟，但見了她的憔悴
段 34 盡的顏色，和苦忍住的淒楚，又終於一句話也沒有講成。

現在去北京遠了，去龍兒更遠了，自家只一個人，只是孤
段 35 零丁的一個人。在這裏繼續此生中大約是完不了的飄泊。

阿谷

無論是《沉淪》抑或是〈一個人在途上〉，郁達夫為文真摯感人，是無庸置疑的。特別這一篇懷念兒子龍兒死去的文章，寫得逼真，使讀者有親臨現場的感覺，如你多少有共同的經歷——親人離世，快不要讀這篇散文，滿篇斷腸意的催人眼淚。

敍事並不按時間推進，只是隨着作者的心境與情緒信步走來，在兒子病前、病中、彌留中穿越往復，然又不覺得不自然、礙事。單摘取其中與兒子之間的種種，大家看個明白：

第 9 段，「記得那一天晚上，他一個人和老媽子立在門口，等我們倆去了好遠，還『爸爸！爸爸！』的叫了好幾聲。啊啊，這幾聲的呼喚，是我在這世上聽到的他叫我的最後的聲音。」——病前

第 13 段，「病後還能説話的時候，只問他的娘：『爸爸幾時回來？』『爸爸在上海為我定做的小皮鞋，已經做好了沒有？』」——病中

第 14 段，「有一天午後他在門口玩耍，看見西面來了一乘馬車，馬車裏坐着一個戴灰白帽子的青年。他遠遠看見，就急忙丟下了伴侶，跑進屋裏叫他娘出去，説『爸爸回來了，爸爸回來了！』……馬車已經過去了，他就死勁的拉住了他娘，哭喊着説：『爸爸怎麼不家來呀？爸爸

怎麼不家來呀？』」——病前

第 15 段，「有一次我們在堤上散步，因為他看見了人家的汽車，硬是哭着要坐，被我痛打了一頓。又有一次，也是因為要穿洋服，受了我的毒打。……早知他要這樣的早死，我就是典當搶劫，也應該去弄一點錢來，滿足他的無邪的慾望。」——病前

第 16 段，「瀕死的前五天，在病院裏，他連叫了幾夜的爸爸。她問他『叫爸爸幹什麼？』他又不響了，停一會兒，就又再叫起來。」——彌留

第 24 段，「院子有一架葡萄，兩棵棗樹，去年採取葡萄棗子的時候，他站在樹下，兜起了大褂，仰頭在看樹上的我。我摘取一顆，丟入了他的大褂兜裏，他的哄笑聲，要繼續到三五分鐘。」——病前

這幾段文字，道盡作者喪兒後的千腸百轉，思潮起伏。起伏的脈絡，是以兒子的聲音作為線軸，或收或放，或遠或近。第 9 段寫兒子難捨的聲音，第 13 段是疑惑的聲音，第 14 段是思念的悲慟，第 15 段是疼痛的哀號，第 16 段是死別的呼喊，而最後第 24 段，是作者情願永遠烙印心上的兒子的歡笑聲，用以撫平對兒子的追憶與悔意。

但願在我們腦海中留得住的，都是親人的歡笑聲。活在當下時，都要好好把握，免得悔恨一生啊！

寫作指引

郁達夫的〈一個人在途上〉是一篇敍事結構相當複雜的文章，時空常交錯轉換，彷彿令人暈頭轉向。其實我們要先了解〈一個人在途上〉的主題，就是講述失去兒子一事的經過與表達作者心中的哀傷，其後就很容易看得到文章的寫作法是插敍。

作者在開頭和結尾用了首尾呼應，相同的時空和事件，都是説失去兒子後，妻子送作者遠去，而作者更特別強調自己「孤零丁」一個人。文章中間的許多段落均是作者的回憶或已發生的過去事件，每件事件都與失去兒子這個主題有關，有時是睹物思人的追憶，如第 24 段寫作者看到棗樹想起與兒子摘棗子的事；有時是敍述兒子病死的經過，如第 13 段寫兒子病時很乖順聽話的事。

文中還運用了對比，對比能令文章情節更有起伏效果，而郁達夫的做法就是記述了大量過去有兒子的片段與現在沒有兒子的生活，這樣就能凸顯作者和妻子因有兒子而感到快樂，與失去兒子後感到極度傷痛這一點。試細閱以下兩段文字：

「那時候龍兒正長得肥滿可愛，一舉一動，處處教人歡喜。到了五月初，從某地回京，覺得哥哥家太狹小，就在什剎海的北岸，租定了一間渺小的住宅。夫妻兩個日日和龍兒伴樂，閑時也常在北海的荷花深處，及門前的楊柳中帶龍兒去走走。」

「北京的朋友親戚，為安慰我們起見，今年夏天常請我們倆去吃飯聽戲，她老不願意和我同去，因為去年的六月，我們無論上哪裏去玩，龍兒是常和我們在一處的。」

欣賞過郁達夫的寫作手法後，我們會發現插敘手法多要運用回憶的敘述，大家不妨以「我的童年回憶」為題，循以下方法寫作一篇文章：

1. 先思考文章的主題，按題目回想自己的童年回憶，從童年回憶中篩選三件印象特別深刻的事件。

2. 再運用插敘手法，寫作篩選出來的三件事件，時間次序可任意鋪排。

3. 在敘述童年回憶時，使用對比，強調童年與現在的自己的分別，包括自己的性格、心境、對事件的處理手法等。

4. 最後一段抒發對已過去的童年的懷念之情。

一件小事 魯迅

我從鄉下跑到京城裏，一轉眼已經六年了。其間耳聞目睹的所謂國家大事，算起來也很不少；但在我心裏，都不留什麼痕迹，倘要我尋出這些事的影響來説，便只是增長了我的壞脾氣，——老實説，便是教我一天比一天的看不起人。 段 1

但有一件小事，卻於我有意義，將我從壞脾氣裏拖開，使我至今忘記不得。 段 2

這是民國六年的冬天，大北風刮得正猛，我因為生計關係，不得不一早在路上走。一路幾乎遇不見人，好容易才僱定了一輛人力車，教他拉到S門去。不一會，北風小了，路上浮

塵早已刮淨，剩下一條潔白的大道來，車夫也跑得更快。剛近
段3 S門，忽而車把上帶着一個人，慢慢地倒了。

跌倒的是一個女人，花白頭髮，衣服都很破爛。伊從馬路
邊上突然向車前橫截過來；車夫已經讓開道，但伊的破棉背心
沒有上扣，微風吹着，向外展開，所以終於兜着車把。幸而車
段4 夫早有點停步，否則伊定要栽一個大筋斗，跌到頭破血出了。

伊伏在地上；車夫便也立住腳。我料定這老女人並沒有
傷，又沒有別人看見，便很怪他多事，要自己惹出是非，也誤
段5 了我的路。

段6 我便對他說，「沒有什麼的。走你的罷！」

車夫毫不理會，——或者並沒有聽到，——卻放下車子，
段7 扶那老女人慢慢起來，攙着臂膊立定，問伊說：

段8 「你怎麼啦？」

段9 「我摔壞了。」

我想，我眼見你慢慢倒地，怎麼會摔壞呢，裝腔作勢罷了，這真可憎惡。車夫多事，也正是自討苦吃，現在你自己想

法去。

段 10

車夫聽了這老女人的話，卻毫不躊躇，仍然攙着伊的臂膊，便一步一步的向前走。我有些詫異，忙看前面，是一所巡警分駐所，大風之後，外面也不見人。這車夫扶着那老女人，便正是向那大門走去。

段 11

我這時突然感到一種異樣的感覺，覺得他滿身灰塵的後影，剎時高大了，而且愈走愈大，須仰視才見。而且他對於我，漸漸的又幾乎變成一種威壓，甚而至於要榨出皮袍下面藏着的「小」來。

段 12

我的活力這時大約有些凝滯了，坐着沒有動，也沒有想，直到看見分駐所裏走出一個巡警，才下了車。

段 13

巡警走近我說，「你自己僱車罷，他不能拉你了。」

段 14

我沒有思索的從外套袋裏抓出一大把銅元，交給巡警，說，「請你給他……」

段 15

風全住了，路上還很靜。我走着，一面想，幾乎怕敢想到我自己。以前的事姑且擱起，這一大把銅元又是什麼意思？獎他麼？我還能裁判車夫麼？我不能回答自己。

段 16

這事到了現在，還是時時記起。我因此也時時熬了苦痛，努力的要想到我自己。幾年來的文治武力，在我早如幼小時候所讀過的「子曰詩云」一般，背不上半句了。獨有這一件小事，卻總是浮在我眼前，有時反更分明，教我慚愧，催我自新，並且增長我的勇氣和希望。

段 17

梁科慶

魯迅的〈一件小事〉絕非小事一件。徐復觀將魯迅的一生成就和貢獻，歸納為兩大項[1]：

1. 在思想方面：他出身於一個黑暗墮落的家庭，他能意識到這一點而反省過來，終其一生是向黑暗、腐敗進攻，奮鬥於黑暗墮落中，決不妥協。

2. 在表現技巧方面：他最大的成就是在人物典型的創造。中國現代小說的基礎，可以說是由魯迅奠定的。

在〈一件小事〉裏，我們可讀到魯迅這兩大成就。他以明快的小說筆法，敍說一宗「交通意外」。「我」乘坐的黃包車意外撞倒路邊的老女人，「我」認為老女人沒受傷，又沒人看見，主張繼續趕路；車夫則擔心老女人受傷，攙扶她到巡警分駐所求助。兩人的不同反應，構成強烈的對比。在魯迅筆下，「我」是一個自私、冷漠、壞脾氣、看不起低下階層的「典型」人物。在故事結尾，我們看到人間希望，車夫的正直善良、願意承擔責任，令「我」慚愧，反省過來，察覺自己的不對，成為一生的鑑誡。

〈一件小事〉寫於 1920 年，一個世紀後的今日中國，情況竟更黑暗、更腐敗，新聞時有報道，交通意外的傷者躺在地上，路人不聞不問；或者，停下來幫助傷者的司機反遭索償，理由是好心不合常理；甚至，由於法律和保險制度的不健全，在司機之間流傳「與其撞傷，不如撞死」的恐怖邏輯。

1920 年的中國，經歷了二次革命、軍閥割據、二十一條等外憂內患，社會動盪，百廢待興；今天，大國崛起。可惜，國民的普遍素質，並不如國力一般的不斷提升。何時才有另一個「魯迅」，繼續在鐵屋裏吶喊，把睡得更沉的人喚醒過來？

1 徐復觀：〈漫談魯迅〉，收錄於林語堂編著：《評魯迅》（台北：喜年來出版社，19--?），頁 358。

寫作指引

魯迅的〈一件小事〉運用了倒敘，在第 1、2 段中魯迅概述現在的個人情況 —— 脾氣愈來愈壞，並交代了過去發生的一件小事令魯迅難以忘記，引入到第 3 段。然後第 3 段進入了過去的回憶，敘述民國六年發生的一件小事：替魯迅拉車的車夫撞倒了一個老女人，車夫和魯迅對此事有不同的處理態度。到了最後一段魯迅從回憶中返回現實時空，對事件中的自己作出批評，感到內心慚愧。

在文章的敘述當中，魯迅簡單而扼要地設計了兩三句對話，雖然數量不多，卻巧妙地以對話交代了情節的發展，從中可看到魯迅和車夫對待事情的態度。此外，因為有對話引述，令記敍的內容更富真實感：

「我便對他説，『沒有什麼的。走你的罷！』

車夫毫不理會，——或者並沒有聽到，——卻放下車子，扶那老女人慢慢起來，攙着臂膊立定，問伊説：

『你怎麼啦？』

『我摔壞了。』」

文中另一種值得我們欣賞的手法，莫過於對比了。在〈一件小事〉中，魯迅記述了車夫堅持送「摔壞了」的老女人到巡警分駐所，而魯迅卻認為老女人裝腔作勢。兩者的行為形成了強烈的對比，車夫的好心腸、負責任，令魯迅慚愧，引發魯迅內心的異樣感覺，試細味以下文字：

「我這時突然感到一種異樣的感覺，覺得他滿身灰塵的後影，剎時高大了，而且愈走愈大，須仰視才見。而且他對於我，漸漸的又幾乎變成一種威壓，甚而至於要榨出皮袍下面藏着的『小』來。」

魯迅在〈一件小事〉中的敍述方式，正好運用在「一件令我明白到『己所不欲，勿施於人』的道理的事情」此作文題目中：

題目本身就預設了事件已過去，大家可跟魯迅一樣，寫作這篇文章：

1. 首先理解「己所不欲，勿施於人」的意思:不要將自己不想接受的，強加給別人，延伸來理解就是要設身處地替人着想。題目中提到「我」，所以必須用第一人稱作敍事，並須記述一項參與的具體活動。

2. 通過倒敍的方式作為文章的寫作結構，在開頭記述現況，然後引入回憶，最後在結尾時，從回憶中返回現實。

3. 在事件記述中加插對話情節，用以凸顯在活動中的「我」是如何待人處事。

4. 為了突出「我」明白「己所不欲，勿施於人」，不妨設計另一個性格不同的人物來與「我」作對比，記述「我」和這個人物對同一事情的態度、處理手法有何不同。

風箏　魯迅

北京的冬季，地上還有積雪，灰黑色的禿樹枝丫叉於晴朗的天空中，而遠處有一二風箏浮動，在我是一種驚異和悲哀。

段 1

故鄉的風箏時節，是春二月，倘聽到沙沙的風輪聲，仰頭便能看見一個淡墨色的蟹風箏或嫩藍色的蜈蚣風箏。還有寂寞的瓦片風箏，沒有風輪，又放得很低，伶仃地顯出憔悴可憐的模樣。但此時地上的楊柳已經發芽，早的山桃也多吐蕾，和孩子們的天上的點綴相照應，打成一片春日的溫和。我現在在哪裏呢？四面都還是嚴冬的肅殺，而久經訣別的故鄉的久經逝去的春天，卻就在這天空中蕩漾了。

段 2

但我是向來不愛放風箏的，不但不愛，並且嫌惡它，因為我以為這是沒出息孩子所做的玩藝。和我相反的是我的小兄弟，他那時大概十歲內外罷，多病，瘦得不堪，然而最喜歡風箏，自己買不起，我又不許放，他只得張着小嘴，呆看着空中出神，有時至於小半日。遠處的蟹風箏突然落下來了，他驚呼；兩個瓦片風箏的纏繞解開了，他高興得跳躍。他的這些，在我看來都是笑柄，可鄙的。

段 3

有一天，我忽然想起，似乎多日不很看見他了，但記得曾見他在後園拾枯竹。我恍然大悟似的，便跑向少有人去的一間堆積雜物的小屋去，推開門，果然就在塵封的什物堆中發見了他。他向着大方凳，坐在小凳上；便很驚惶地站了起來，失了色瑟縮着。大方凳旁靠着一個蝴蝶風箏的竹骨，還沒有糊上紙，凳上是一對做眼睛用的小風輪，正用紅紙條裝飾着，將要完工了。我在破獲祕密的滿足中，又很憤怒他的瞞了我的眼睛，這樣苦心孤詣地來偷做沒出息孩子的玩藝。我即刻伸手折斷了蝴蝶的一支翅骨，又將風輪擲在地下，踏扁了。論長幼，論力氣，他是都敵不過我的，我當然得到完全的勝利，於是傲然走出，留他絕望地站在小屋裏。後來他怎樣，我不知道，也沒有留心。

段 4

然而我的懲罰終於輪到了，在我們離別得很久之後，我已經是中年。我不幸偶而看到了一本外國的講論兒童的書，才知道遊戲是兒童最正當的行為，玩具是兒童的天使。於是二十年來毫不憶及的幼小時候對於精神的虐殺的這一幕，忽地在眼前展開，而我的心也彷彿同時變了鉛塊，很重很重地墜下去了。

段 5 ________________

但心又不竟墮下去而至於斷絕，他只是很重很重地墮着，墮着。

段 6 ________________

我也知道補過的方法的：送他風箏，贊成他放，勸他放，我和他一同放。我們嚷着，跑着，笑着——然而他其時已經和我一樣，早已有了鬍子了。

段 7 ________________

我也知道還有一個補過的方法的：去討他的寬恕，等他說，「我可是毫不怪你呵。」那麼，我的心一定就輕鬆了，這確是一個可行的方法。有一回，我們會面的時候，是臉上都已添刻了許多「生」的辛苦的條紋，而我的心很沉重。我們漸漸談起兒時的舊事來，我便敘述到這一節，自說少年時代的糊塗。「我可是毫不怪你呵。」我想，他要說了，我即刻便受了寬恕，我的心從此也寬鬆了罷。

段 8 ________________

「有過這樣的事麼？」他驚異地笑着說，就像旁聽着別人的故事一樣。他什麼也記不得了。

段 9 ________________

全然忘卻，毫無怨恨，又有什麼寬恕之可言呢？無怨的
段 10 恕，說謊罷了。

段 11 我還能希求什麼呢？我的心只得沉重着。

現在，故鄉的春天又在這異地的空中了，既給我久經逝去的兒時的回憶，而一併也帶着無可把握的悲哀。我倒不如躲到肅殺的嚴冬中去罷，——但是，四面又明明是嚴冬，正給我非
段 12 常的寒威和冷氣。

梁科慶

文學作品包含虛構成分，本來是個普通常識，可是有些人讀完〈風箏〉，竟然跑去找魯迅的幼弟周建人，把周建人問得一頭霧水。周建人惟有回答：「我不記得有這件事。」[1] 答案跟〈風箏〉原文相符，面面俱圓，穩妥之極。

魯迅有沒有折斷幼弟的風箏？根本就不該問。就連跟魯迅打過幾仗燦爛筆戰的林語堂，也了解「文敵」對放風箏的看法：「實際上，他（魯迅）沒有那麼反對得厲害，他自己的確不放風箏，可是並不嚴厲地反對別人放風箏。」[2] 故此，文中所謂「但我是向來不愛放風箏的，不但不愛，並且嫌惡它，因為我以為這是沒出息孩子所做的玩藝」，不適用於魯迅身上。

另外，文中提到「我」在中年時「不幸偶而看到了一本外國的講論兒童的書，才知道遊戲是兒童最正當的行為，玩具是兒童的天使」，亦證明「我」不是魯迅本人，因為魯迅被譽為「中國兒童文學的奠基人」，建立「以幼者為本位」的兒童文學理論[3]，對兒童心理、兒童教育非常熟悉，三十多歲時把《兒童之好奇心》、《兒童觀念界之研究》等日文著作翻譯為中文。遊戲對兒童的重要，魯迅怎可能不知？那麼，魯迅透過〈風箏〉想說些什麼？明顯地，至少兩個道理：1. 諷刺傳統教育中「玩物喪志」的看法，扼殺了兒童遊戲。2. 珍惜活在當下的機會，做錯事，要儘快向人家道歉賠罪；引伸開去，正確的、應該作的，也應儘快去作，才沒「好花堪折直須折，莫待明日空折枝」的後悔。

1 周建人：《回憶大哥魯迅》（上海：教育出版社，2001），頁 31。
2 林語堂：〈魯迅的家族〉，收錄於林語堂編著：《評魯迅》（台北：喜年來出版社，19--?），頁 398。
3 嚴吳嬋霞：《魯迅與中國兒童文學的發展》（澳門東亞大學中文系碩士論文，1987），頁 226。

寫作指引

〈風箏〉是一篇用倒敍法寫的文章，第 1 段開頭寫「我」身處北京，看到天空上的風箏感到驚異和悲哀，為什麼會驚異和悲哀呢？這些在第 2 段之後，「我」從現實引入回憶，在回憶過去的事中就找到答案了。

第 2 段記述春二月的故鄉風箏時節，而作者驚異的是竟然在北京肅殺嚴冬中看到風箏在天空蕩漾。第 3 段「我」開始講述自己感到悲哀的原因，就是過去弄壞了幼弟辛苦做的風箏，後來想請求原諒卻無法完成心願。

到最後一段，事件發展到魯迅身處的現在時空，結局是「我」始終感到悲哀。魯迅用一句「現在，故鄉的春天又在這異地的空中了，既給我久經逝去的兒時的回憶，而一併也帶着無可把握的悲哀」，表達「我」內心的悔憾，並與文章開頭作出呼應。

魯迅的〈風箏〉是一篇文章結構相當綿密的作品，文章不同的地方都有互相呼應之處，前文只要設下了線索，後文也會自然承接、回應或解答，這一點非常值得學習。

魯迅在第 3 段中說「我」「向來不愛放風箏的，不但不愛，並且嫌惡它，因為我以為這是沒出息孩子所做的玩藝」，而幼弟與「我」性格相反，喜歡風箏的玩藝，作為文章的伏筆，結果引發第 4 段弄壞風箏的事。

事件到了第 4 段並未完結，第 5 段中，「我」在相隔多年後發現到一個道理：「遊戲是兒童最正當的行為，玩具是兒童的天使」，勾起前文風箏是「沒出息孩子所做的玩藝」之想法，「我」很後悔多年前的行為，想要補救過錯，想得到幼弟的寬恕。然後這裏又製造了另一個懸疑的情節設計，「我」真的向幼弟請求原諒，幼弟會怎樣做呢？得到的回應卻是幼弟早已忘記此事，「我」只能繼續感到悲哀。

魯迅的倒敘和前後呼應是很好的記敘文作法，試以「必要的沉默」為題寫作文章。

我們可以根據魯迅〈風箏〉的寫作法，回憶起之前發生了一件事情，題目沒有指定事件性質，可以隨個人喜好構思，再以順敘記述事件。然後可提到「曾經想力陳己見」，這作為了文章的鋪墊，提供敘述線索，在敘述當中，必須讓後文可以做承接、回應或解答，即是敘述過程中應有不少部分是「我」的內心想法、掙扎，以呼應題目；另外在事件中設計出必須沉默的理由和情節，以回應「必要的沉默」。

從百草園到三味書屋 魯迅

我家的後面有一個很大的園，相傳叫作百草園。現在是早已並屋子一起賣給朱文公的子孫了，連那最末次的相見也已經隔了七八年，其中似乎確鑿只有一些野草；但那時卻是我的樂園。

段 1

不必說碧綠的菜畦，光滑的石井欄，高大的皂莢樹，紫紅的桑椹；也不必說鳴蟬在樹葉裏長吟，肥胖的黃蜂伏在菜花上，輕捷的叫天子（雲雀）忽然從草間直竄向雲霄裏去了。單是周圍的短短的泥牆根一帶，就有無限趣味。油蛉在這裏低唱，蟋蟀們在這裏彈琴。翻開斷磚來，有時會遇見蜈蚣；還有斑蝥，倘若用手指按住它的脊樑，便會拍的一聲，從後竅噴出一陣煙霧。何首烏藤和木蓮藤纏絡着，木蓮有蓮房一般的果實，何首烏有臃腫的根。有人說，何首烏根是有像人形的，吃了便可以成仙，我於是常常拔它起來，牽連不斷地拔起來，也曾因此弄壞了泥牆，卻從來沒有見過有一塊根像人樣。如果不怕刺，還可以摘到覆盆子，像小珊瑚珠攢成的小球，又酸又甜，色味都比桑椹要好得遠。

段 2 ________________

長的草裏是不去的，因為相傳這園裏有一條很大的赤練蛇。

段 3 ________________

長媽媽曾經講給我一個故事聽：先前，有一個讀書人住在古廟裏用功，晚間，在院子裏納涼的時候，突然聽到有人在叫他。答應着，四面看時，卻見一個美女的臉露在牆頭上，向他一笑，隱去了。他很高興；但竟給那走來夜談的老和尚識破了機關。說他臉上有些妖氣，一定遇見「美女蛇」了；這是人首蛇身的怪物，能喚人名，倘一答應，夜間便要來吃這人的肉的。他自然嚇得要死，而那老和尚卻道無妨，給他一個小盒子，說只要放在枕邊，便可高枕而臥。他雖然照樣辦，卻總是睡不着，——當然睡不着的。到半夜，果然來了，沙沙沙！門外像是風雨聲。他正抖作一團時，卻聽得豁的一聲，一道金光從枕邊飛出，外面便什麼聲音也沒有了，那金光也就飛回來，斂在盒子裏。後來呢？後來，老和尚說，這是飛蜈蚣，牠能吸段 4　蛇的腦髓，美女蛇就被牠治死了。

結末的教訓是：所以倘有陌生的聲音叫你的名字，你萬不可答應他。

段 5

這故事很使我覺得做人之險，夏夜乘涼，往往有些擔心，不敢去看牆上，而且極想得到一盒老和尚那樣的飛蜈蚣。走到百草園的草叢旁邊時，也常常這樣想。但直到現在，總還沒有得到，但也沒有遇見過赤練蛇和美女蛇。叫我名字的陌生聲音自然是常有的，然而都不是美女蛇。

段 6

冬天的百草園比較的無味；雪一下，可就兩樣了。拍雪人（將自己的全形印在雪上）和塑雪羅漢需要人們鑒賞，這是荒園，人迹罕至，所以不相宜，只好來捕鳥。薄薄的雪，是不行的；總須積雪蓋了地面一兩天，鳥雀們久已無處覓食的時候才好。掃開一塊雪，露出地面，用一支短棒支起一面大的竹篩來，下面撒些秕穀，棒上繫一條長繩，人遠遠地牽着，看鳥雀下來啄食，走到竹篩底下的時候，將繩子一拉，便罩住了。但所得的是麻雀居多，也有白頰的「張飛鳥」，性子很躁，養不過夜的。

段 7

這是閏土的父親所傳授的方法，我卻不大能用。明明見牠們進去了，拉了繩，跑去一看，卻什麼都沒有，費了半天力，捉住的不過三四隻。閏土的父親是小半天便能捕獲幾十隻，裝在叉袋裏叫着撞着的。我曾經問他得失的緣由，他只靜靜地笑道：你太性急，來不及等牠走到中間去。

段 8 ____________

我不知道為什麼家裏的人要將我送進書塾裏去了，而且還是全城中稱為最嚴厲的書塾。也許是因為拔何首烏毀了泥牆罷，也許是因為將磚頭拋到間壁的梁家去了罷，也許是因為站在石井欄上跳了下來罷，……都無從知道。總而言之：我將不能常到百草園了。Ade，我的蟋蟀們！ Ade，我的覆盆子們和木蓮們！……

段 9 ____________

出門向東，不上半里，走過一道石橋，便是我的先生的家了。從一扇黑油的竹門進去，第三間是書房。中間掛着一塊匾道：三味書屋；匾下面是一幅畫，畫着一隻很肥大的梅花鹿伏在古樹下。沒有孔子牌位，我們便對着那匾和鹿行禮。第一次算是拜孔子，第二次算是拜先生。

段 10 ____________

第二次行禮時，先生便和藹地在一旁答禮。他是一個高而瘦的老人，鬚髮都花白了，還戴着大眼鏡。我對他很恭敬，因為我早聽到，他是本城中極方正，質樸，博學的人。

段 11 ____________

不知從哪裏聽來的，東方朔也很淵博，他認識一種蟲，名曰「怪哉」，冤氣所化，用酒一澆，就消釋了。我很想詳細地

知道這故事，但阿長是不知道的，因為她畢竟不淵博。現在得
段 12 到機會了，可以問先生。

「先生，『怪哉』這蟲，是怎麼一回事？……」我上了生
段 13 書，將要退下來的時候，趕忙問。

段 14 「不知道！」他似乎很不高興，臉上還有怒色了。

我才知道做學生是不應該問這些事的，只要讀書，因為他
是淵博的宿儒，決不至於不知道，所謂不知道者，乃是不願意
段 15 說。年紀比我大的人，往往如此，我遇見過好幾回了。

我就只讀書，正午習字，晚上對課。先生最初這幾天對我
很嚴厲，後來卻好起來了，不過給我讀的書漸漸加多，對課也
段 16 漸漸地加上字去，從三言到五言，終於到七言。

三味書屋後面也有一個園，雖然小，但在那裏也可以爬
上花壇去折臘梅花，在地上或桂花樹上尋蟬蛻。最好的工作是
捉了蒼蠅餵螞蟻，靜悄悄地沒有聲音。然而同窗們到園裏的太
段 17 多，太久，可就不行了，先生在書房裏便大叫起來：——

段 18 「人都到哪裏去了？」

人們便一個一個陸續走回去；一同回去，也不行的。他有一條戒尺，但是不常用，也有罰跪的規矩，但也不常用，普通總不過瞪幾眼，大聲道：——段 19

「讀書！」段 20

於是大家放開喉嚨讀一陣書，真是人聲鼎沸。有唸「仁遠乎哉我欲仁斯仁至矣」的，有唸「笑人齒缺曰狗竇大開」的，有唸「上九潛龍勿用」的，有唸「厥土下上上錯厥貢苞茅橘柚」的……先生自己也唸書。後來，我們的聲音便低下去，靜下去了，只有他還大聲朗讀着：段 21

「鐵如意，指揮倜儻，一座皆驚呢……；金叵羅，顛倒淋漓噫，千杯未醉嗬……。」段 22

我疑心這是極好的文章，因為讀到這裏，他總是微笑起來，而且將頭仰起，搖着，向後面拗過去，拗過去。段 23

先生讀書入神的時候，於我們是很相宜的。有幾個便用紙糊的盔甲套在指甲上做戲。我是畫畫兒，用一種叫作「荊川紙」的，蒙在小説的繡像上一個個描下來，像習字時候的影寫一樣。讀的書多起來，畫的畫也多起來；書沒有讀成，畫的成績卻不少了，最成片段的是《蕩寇志》和《西遊記》的繡像，

都有一大本。後來，因為要錢用，賣給一個有錢的同窗了。他的父親是開錫箔店的；聽說現在自己已經做了店主，而且快要
段24 升到紳士的地位了。這東西早已沒有了罷。

導讀

梁科慶

好的散文「形散而神不散」[1]，縱然筆法多變，不拘成法，但文章的中心思想，環環相扣，行文看似隨手拈來，漫不經心，卻是神思貫串，脈絡分明。魯迅的〈從百草園到三味書屋〉便是個好例子。

記敍文

〈從〉文以遊戲為始，亦以遊戲作結，童趣或顯或隱，不管自由的百草園或拘謹的三味書屋，遊戲無處不在。

百草園野草叢生，為何是「我」的樂園？魯迅一開筆，即為讀者帶來第一個懸念。惟有追看下去，方發覺野草叢中別有天地，捉蟀捕螯，其樂無窮。接着由「人樣的何首烏」轉到人臉蛇身的赤練蛇故事，遊戲與幻想，關係密切。説完夏夜，進入冬雪，一年四季，那片野草地總是樂趣無窮。

「我將不能常到百草園了」帶來新的懸念。「我」要到全城「最嚴厲的書塾」上學，讀者無不為「我」暗暗擔心。上學的第一天，當老師臉有怒色的以「不知道」回答「我」的「怪哉」問題，等於宣告三味書屋容不下百草園式幻想，書塾把遊戲拒諸門外。本來書塾的後園也有尋蟬折梅的玩意，但經老師一喝，大家都跑回課室裏去，讀到這裏，讀者不禁搖頭歎息，以為「我」往後的日子，只有讀書、習字、對課；然而，當老師讀書入神時，學生便用「紙糊的盔甲套在指甲上做戲」，可見，兒童遊戲是沒法禁止，也不應禁止的。

1 散文「形散而神不散」的觀念，最初由蕭雲儒在 1961 年提出。蕭氏 1961 年 5 月 12 日在《人民日報》發表文章〈形散而神不散〉，回應師陀的「散文忌散」論點，自此「形散而神不散」引起廣泛討論，為現代散文批評史上一重要觀念。

寫作指引

〈從百草園到三味書屋〉一文的敍述內容可以分成兩大部分來看。第一部分是第 1 至 8 段，寫的都是關於在百草園中發生的事情；第二部分是 9 至 24 段，寫的則是在三味書屋的經歷。

這兩個部分就用第 9 段的文字作承上啟下來連接，清楚交代了為何會轉為寫三味書屋，也令兩個部分讀起來不致於鬆散和毫無聯繫：

「我不知道為什麼家裏的人要將我送進書塾裏去了，而且還是全城中稱為最嚴厲的書塾。也許是因為拔何首烏毀了泥牆罷，也許是因為將磚頭拋到間壁的梁家去了罷，也許是因為站在石井欄上跳了下來罷，……都無從知道。總而言之：我將不能常到百草園了。Ade，我的蟋蟀們！ Ade，我的覆盆子們和木蓮們！……」

大家閱讀時有沒有發覺到〈從百草園到三味書屋〉中，記敍了很多事件？而且事件與事件之間感覺上是各自獨立的？原來魯迅運用了一種頗複

雜的敘事手法 —— 散敘法。散敘法是將若干有特定聯繫的事組織在一起來敘述，這樣就能夠凸顯文章主題的不同側面。魯迅在〈從百草園到三味書屋〉的兩個大主題「百草園」和「三味書屋」有不同的經歷與趣聞，在第一部分的「百草園」中記述了他捉昆蟲、採植物、捕雀鳥，以及聽長媽媽說草叢中有美女蛇的傳說；而在第二部分「三味書屋」中記述入學行禮、問先生「怪哉」、習字讀書、在園子折梅捉昆蟲玩耍、上課胡鬧等的事情。兩個主題中記述的許多經歷，介紹了百草園和三味書屋的各個特點，給予魯迅值得回味的童年時光。

說到有兩個大主題，「樓梯與升降機」這文題中同樣也有兩個大主題，大家可嘗試學習魯迅〈從百草園到三味書屋〉的散敘方法，來試作「樓梯與升降機」。先對樓梯和升降機的特點作調查，嘗試了解二者的發展歷史、形態設計、梯級數目、升降機速度、製造材料等，也可像魯迅記述美女蛇傳說那樣，搜集關於樓梯和升降機的趣事。其次，回想自己在樓梯和升降機裏發生過的事情，喜怒哀樂的事情皆可。經過搜集資料和回想經歷後，敘述多件關於樓梯和升降機的較特別事件，凸顯二者的不同側面，從中表現對樓梯和升降機的個人情感。

蹲在洋車上 蕭紅

段 1

看到了鄉巴佬坐洋車，忽然想起一個童年的故事。

段 2

當我還是小孩的時候，祖母常常進街。我們並不住在城外，只是離市鎮較偏的地方罷了！有一天，祖母又要進街，命令我：

段 3

「叫你媽媽把斗風給我拿來！」

段 4

那時因為我過於嬌慣，把舌頭故意縮短一些，叫斗篷作斗風，所以祖母學着我，把風字拖得很長。

她知道我最愛惜皮球，每次進街的時候，她問我：

段 5 ______________

「你要些什麼呢？」

段 6 ______________

「我要皮球。」

段 7 ______________

「你要多大的呢？」

段 8 ______________

「我要這樣大的。」

段 9 ______________

我趕快把手臂拱向兩面，好像張着的鷹的翅膀。大家都笑了！祖父輕動着嘴唇，好像要罵我一些什麼話，因我的小小的姿式感動了他。

段 10 ______________

祖母的斗篷消失在高煙囱的背後。

段 11 ______________

等她回來的時候，什麼皮球也沒帶給我，可是我也不追問一聲：

段 12 ______________

「我的皮球呢？」

段 13 ______________

因為每次她也不帶給我；下次祖母再上街的時候，我仍說是要皮球，我是說慣了，我是熟練而慣於作那種姿式。

段 14 ______________

祖母上街盡是坐馬車回來，今天卻不是，她睡在彷彿是小槽子裏，大概是槽子裝置了兩個大車輪。非常輕快，雁似的從大門口飛來，一直到房門。在前面挽着的那個人，把祖母停下，我站在玻璃窗裏，小小的心靈上，有無限的奇祕衝擊着。我以為祖母不會從那裏頭走出來，我想祖母為什麼要被裝進槽子裏呢？我漸漸驚怕起來，我完全成個呆氣的孩子，把頭蓋頂住玻璃，想盡方法理解我所不能理解的那個從來沒有見過的槽
段 15 子。

很快我領會了！見祖母從口袋裏拿錢給那個人，並且祖母
段 16 非常興奮，她說叫着，斗篷幾乎從她的肩上脫溜下去！

「呵！今天我坐的東洋驢子回來的，那是過於安穩呀！還
段 17 是頭一次呢，我坐過安穩的車子！」

祖父在街上也看見過人們所呼叫的東洋驢子，媽媽也沒有奇怪。只是我，仍舊頭皮頂撞在玻璃那兒，我眼看那個驢子從
段 18 門口飄飄地不見了！我的心魂被引了去。

等我離開窗子，祖母的斗篷已是脫在炕的中央，她嘴裏叨叨地講着她街上所見的新聞。可是我沒有留心聽，就是給我吃什麼糖果之類，我也不會留心吃，只是那樣的車子太吸引我
段 19 了！太捉住我小小的心靈了！

夜晚在燈光裏，我們的鄰居，劉三奶奶搖閃着走來，我知道又是找祖母來談天的。所以我穩當當地佔了一個位置在桌邊。於是我咬起嘴唇來，彷彿大人樣能了解一切話語，祖母又講關於街上所見的新聞，我用心聽，我十分費力！ 段 20

「……那是可笑，真好笑呢！一切人站下瞧，可是那個鄉下佬還是不知道笑自己，拉車的回頭才知道鄉巴佬是蹲在車子前放腳的地方，拉車的問：『你為什麼蹲在這地方？』」 段 21

「他説怕拉車的過於吃力，蹲着不是比坐着強嗎？比坐在那裏不是輕嗎？所以沒敢坐下……」 段 22

鄰居的三奶奶，笑得幾個殘齒完全擺在外面，我也笑了！祖母還説，她感到這個鄉巴佬難以形容，她的態度，她用所有的一切字眼，都是引人發笑。 段 23

「後來那個鄉巴佬，你説怎麼樣！他從車上跳下來，拉車的問他為什麼跳？他説：『若是蹲着嗎？那還行。坐着，我實在沒有那樣的錢。』拉車的説：『坐着，我不多要錢。』那個鄉巴佬到底不信這話，從車上搬下他的零碎東西，走了。他走了！」 段 24

我聽得懂，我覺得費力，我問祖母： 段 25

段 26　「你說的，那是什麼驢子？」

段 27　她不懂我的半句話，拍了我的頭一下，當時我真是不能記住那樣繁複的名詞。過了幾天祖母又上街，又是坐驢子回來的，我的心裏漸漸羨慕那驢子，也想要坐驢子。

段 28　過了兩年，六歲了！我的聰明，也許是我的年歲吧！支持着我使我愈見討厭我那個皮球，那真是太小，而又太舊了；我不能喜歡黑臉皮球，我愛上鄰家孩子手裏那個大的；買皮球，好像我的志願，一天比一天堅決起來。

段 29　向祖母說，她答：「過幾天買吧，你先玩這個吧！」

段 30　又向祖父請求，他答：「這個還不是很好嗎？不是沒有出氣嗎？」

段 31　我得知他們的意思是說舊皮球還沒有破，不能買新的。於是把皮球在腳下用力搗毀它，任是怎樣搗毀，皮球仍是很圓，很鼓，後來到祖父面前讓他替我踏破！祖父變了臉色，像是要打我，我跑開了！

段 32　從此，我每天表示不滿意的樣子。

終於一天晴朗的夏日，戴起小草帽來，自己出街去買皮球了！朝向母親曾領我到過的那家舖子走去，離家不遠的時候，我的心志非常光明，能夠分辨方向，我知道自己是向北走。過了一會，不然了！太陽我也找不着了！一些些的招牌，依我看來都是一個樣，街上的行人好像每個要撞倒我似的，就連馬車也好像是旋轉着。我不曉得自己走了多遠，只是我實在疲勞。不能再尋找那家商店；我急切地想回家，可是家也被尋覓不到。我是從哪一條路來的？究竟家是在什麼方向？ 段 33 ________

我忘記一切危險，在街心停住，我沒有哭，把頭向天，願看見太陽。因為平常爸爸不是拿指南針看看太陽就知道或南或北嗎？我雖然看了，只見太陽在街路中央，別的什麼都不能知道，我無心留意街道，跌倒了在陰溝板上面。 段 34 ________

「小孩！小心點。」 段 35 ________

身邊的馬車夫驅着車子過去，我想問他我的家在什麼地方，他走過了！我昏沉極了！忙問一個路旁的人： 段 36 ________

「你知道我的家嗎？」 段 37 ________

他好像知道我是被丟的孩子，或許那時候我的臉上有什麼急慌的神色，那人跑向路的那邊去，把車子拉過來，我知道他段 38 是洋車夫，他和我開玩笑一般：

段 39 「走吧！坐車回家吧！」

段 40 我坐上了車，他問我，總是玩笑一般地：

段 41 「小姑娘！家在哪裏呀？」

我説：「我們離南河沿不遠，我也不知道哪面是南，反正
段 42 我們南邊有河。」

走了一會，我的心漸漸平穩，好像被動蕩的一盆水，漸漸靜止下來，可是不多一會，我忽然憂愁了！抱怨自己皮球仍是沒有買成！從皮球聯想到祖母騙我給買皮球的故事，很快又聯想到祖母講的關於鄉巴佬坐東洋驢子的故事。於是我想試一試，怎樣可以像個鄉巴佬。該怎樣蹲法呢？輕輕地從座位滑下
段 43 來，當我還沒有蹲穩當的時節，拉車的回頭來：

段 44 「你要做什麼呀？」

段 45 我説：「我要蹲一蹲試試，你答應我蹲嗎？」

他看我已經偎在車前放腳的那個地方，於是他向我深深地
段 46 做了一個鬼臉，嘴裏哼着：

「倒好哩！你這樣孩子，很會淘氣！」 段 47

車子跑得不很快，我忘記街上有沒有人笑我。車跑到紅色的大門樓，我知道家了！我應該起來呀！應該下車呀！不，目的想給祖母一個意外的發笑，等車拉到院心，我仍蹲在那裏，像耍猴人的猴樣，一動不動。祖母笑着跑出來了！祖父也是笑！我怕他們不曉得我的意義，我用尖音喊： 段 48

「看我！鄉巴佬蹲東洋驢子！鄉巴佬蹲東洋驢子呀！」 段 49

只有媽媽大聲罵着我，忽然我怕要打我，我是偷着上街。 段 50

洋車忽然放停，從上面我倒滾下來，不記得被跌傷沒有。祖父猛力打了拉車的，説他欺侮小孩，説他不讓小孩坐車讓蹲在那裏。沒有給他錢，從院子把他轟出去。 段 51

所以後來，無論祖父對我怎樣疼愛，心裏總是生着隔膜，我不同意他打洋車夫，我問： 段 52

「你為什麼打他呢？那是我自己願意蹲着。」 段 53

祖父把眼睛斜視一下：「有錢的孩子是不受什麼氣的。」 段 54

現在我是廿多歲了！我的祖父死去多年了！在這樣的年

代中，我沒發現一個有錢的人蹲在洋車上；他有錢，他不怕車夫吃力，他自己沒拉過車，自己所嘗到的，只是被拉着舒服滋味。假若偶爾有錢家的小孩子要蹲在車廂中玩一玩，那麼孩子的祖父出來，拉洋車的便要被打。

段 55

可是我呢？現在變成個沒有錢的孩子了！

段 56

周淑屏

本文是記述作者在童年時「蹲在洋車上」的事，不同於一般記敍文中原因、經過、結果的順序敍述，本文特別的地方，是作者將自己「蹲在洋車上」的遠因和近因都寫了出來，而且，花了差不多半篇文章的篇幅去述説遠因。

作者為什麼那麼想坐洋車？到有機會坐的時候，卻是蹲着而不是坐着呢？這緣於她的祖母坐洋車回來時，給他們講了一個「鄉巴佬」蹲在車上的笑話，令她對在洋車上蹲的感覺產生了好奇。

至於她這次有機會坐洋車的近因，則是祖父母應承給她買新皮球卻沒買，令她賭氣要自己偷上街去買，後來因為迷路遇上好心的洋車夫，洋車夫讓她坐洋車回家。

作者以近乎平衡的篇幅去寫「鄉巴佬」坐洋車與自己坐洋車的經過，寫自己坐洋車時，在詳細地寫自己怎樣蹲之外，更着意寫洋車夫對她説的話與説話時的表情狀貌，以凸顯洋車夫的純樸、善良。

至於結果呢？她「蹲在洋車上」的結果，是祖父不僅沒感謝洋車夫、沒付錢，更罵他、把他轟出去。這結果與祖母敍述「鄉巴佬」蹲在洋車上的結果互相呼應。「鄉巴佬」蹲在洋車上的結果是被「有錢的人」取笑，當作笑柄，而作者「蹲在洋車上」的結果是義助小孩的洋車夫被喝罵、被轟走。

作者藉這件事，凸顯了當時所謂「有錢人」看不起「窮人」的可惡嘴臉，亦藉以抒發自己對社會上貧富懸殊、窮人所受到的不合理對待的憤慨之情。

描寫文

綠 朱自清

段 1

我第二次到仙岩的時候，我驚詫於梅雨潭的綠了。

梅雨潭是一個瀑布潭。仙岩有三個瀑布，梅雨瀑最低。走到山邊，便聽見花花花花的聲音；抬起頭，鑲在兩條濕濕的黑邊兒裏的，一帶白而發亮的水便呈現於眼前了。我們先到梅雨亭。梅雨亭正對着那條瀑布；坐在亭邊，不必仰頭，便可見它的全體了。亭下深深的便是梅雨潭。這個亭踞在突出的一角的岩石上，上下都空空兒的；彷彿一隻蒼鷹展着翼翅浮在天宇中一般。三面都是山，像半個環兒擁着；人如在井底了。這是一個秋季的薄陰的天氣。微微的雲在我們頂上流着；岩面與草叢都從潤濕中透出幾分油油的綠意。而瀑布也似乎分外的響了。

那瀑布從上面沖下，彷彿已被扯成大小的幾綹；不復是一幅整齊而平滑的布。岩上有許多稜角；瀑流經過時，作急劇的撞擊，便飛花碎玉般亂濺着了。那濺着的水花，晶瑩而多芒；遠望去，像一朵朵小小的白梅，微雨似的紛紛落着。據說，這就是梅雨潭之所以得名了。但我覺得像楊花，格外確切些。輕風起來時，點點隨風飄散，那更是楊花了。——這時偶然有幾點送入我們溫暖的懷裏，便倏的鑽了進去，再也尋它不着。 段 2

梅雨潭閃閃的綠色招引着我們；我們開始追捉她那離合的神光了。揪着草，攀着亂石，小心探身下去，又鞠躬過了一個石穹門，便到了汪汪一碧的潭邊了。瀑布在襟袖之間；但我的心中已沒有瀑布了。我的心隨潭水的綠而搖蕩。那醉人的綠呀！彷彿一張極大極大的荷葉鋪着，滿是奇異的綠呀。我想張開兩臂抱住她；但這是怎樣一個妄想呀。——站在水邊，望到那面，居然覺着有些遠呢！這平鋪着，厚積着的綠，着實可愛。她鬆鬆的皺纈着，像少婦拖着的裙幅；她輕輕的擺弄着，像跳動的初戀的處女的心；她滑滑的明亮着，像塗了「明油」一般，有雞蛋清那樣軟，那樣嫩，令人想着所曾觸過的最嫩的皮膚；她又不雜些兒塵滓，宛然一塊溫潤的碧玉，只清清的一色——但你卻看不透她！我曾見過北京什剎海拂地的綠楊，脫不了鵝黃的底子，似乎太淡了。我又曾見過杭州虎跑寺近旁高峻而深密的「綠壁」，叢疊着無窮的碧草與綠葉的，那又似乎太濃了。其餘呢，西湖的波太明了，秦淮河的又太暗了。可愛的，我將什麼來比擬你呢？我怎麼比擬得出呢？大約潭是很深的，故能蘊蓄着這樣奇異的綠；彷彿蔚藍的天融了一塊在裏面似的，這才這般的鮮潤呀。—— 那醉人的綠呀！我若能裁你以為帶，我將贈給那輕盈的舞女；她必能臨風飄舉了。我若能挹你以為眼，我將贈給那善歌的盲妹；她必明眸善睞了。我捨不得你；我怎捨得你呢？我用手拍着你，撫摩着你，如同一個十二三歲的小姑娘。我又掬你入口，便是吻着她了。我送你一個名字，我從此叫你「女兒綠」，好麼？

段 3

段 4

我第二次到仙岩的時候，我不禁驚詫於梅雨潭的綠了。

導讀

梁科慶

朱自清的散文，優點在於樸實、溫厚、舒緩。他寫父子關係、家庭生活，耐讀感人，但當寫自然景物，問題就出現了。他最大的問題是慣用 —— 甚至乎濫用 —— 女性意象去狀物寫景。例如〈綠〉的「舞女」意象，在朱自清別的散文中毫不陌生，記得〈荷塘月色〉的「葉子出水很高，像亭亭的舞女的裙」嗎？還有〈槳聲燈影裏的秦淮河〉的「跳舞着的仙女的臂膊」，難怪余光中批評朱自清：

「小姑娘、處女、舞女、歌妹、少婦、美人、仙女……朱自清一寫到風景，這些淺俗輕率的女性形象必然出現筆底，來裝飾他的想像世界；而這些『意戀』（我不好意思説『意淫』，朱氏也沒有那麼大膽）的對象，不是出浴，便是起舞，總是那幾個公式化的動作，令人厭倦。」[1]

〈綠〉文中，好好的一道瀑布，實在給朱自清寫壞了：「我捨不得你；我怎捨得你呢？我用手拍着你，撫摩着你，如同一個十二三歲的小姑娘。我又掬你入口，便是吻着她了。我送你一個名字，我從此叫你『女兒綠』，好麼？」請恕我直言，真有點肉麻骨痺。

縱是如此，瑕不掩瑜，〈綠〉並非沒優點，朱自清擅長運用顏色，最出色的示範是〈背影〉，那幾顆橘子，永遠教人難忘，本來天色、衣服、火車站等，盡皆色調暗沉，突然朱爸爸跑過鐵軌、攀上月台，買來幾個橙色的橘子，整篇文章立即由灰暗轉為明亮，注入希望。同樣地，朱自清用綠色把梅雨潭的特色概括地點明出來，令白紙黑字的景物描寫，變得活潑生動、色彩鮮明、富立體感，與王安石的名句「春風又綠江南岸」有異曲同工之妙。

1 余光中：《青青邊愁》（台北：九歌，2010），頁229。

寫作指引

朱自清寫梅雨潭用了兩種描寫文裏最常見的手法，第一種就是定點描寫。第2段中，朱自清坐在梅雨亭邊，觀賞梅雨潭的全貌，把梅雨潭的形態、水的流動、水花四濺等，都一一用文字詳細地呈現。

第二種就是簡單地運用了步移法。步移法是我們描寫景物、創作遊記時常用的方法。〈綠〉文中跟隨作者的步伐賞景，第2段寫「走到山邊」、「先到梅雨亭」，第3段寫「揪着草，攀着亂石，小心探身下去，又鞠躬過了一個石穹門，便到了汪汪一碧的潭邊了」，從三個不同位置欣賞到各有不同景致。

此外，第 3 段還用了襯托，朱自清列出「北京什剎海拂地的綠楊」、「杭州虎跑寺近旁高峻而深密的『綠壁』」、「西湖」、「秦淮河」來與梅雨潭的綠做襯托，凸顯梅雨潭的綠難以比擬與令人陶醉。

欣賞過朱自清的寫作手法後，請嘗試運用這些手法寫作「一次參觀展覽的見聞及感受」。

從過往參觀展覽的經歷中，選取一次最深刻的經歷，運用步移法來描寫參觀過程，按自己的觀賞路線次序，邊走邊描寫展覽會場的情況。看到特別的展品時，就可以用定點描寫手法來描寫其特點，如展品的形狀、大小、顏色、質料等。此外亦可以用襯托來描寫，將該件展品與其他展品或生活中的事物作比照，凸顯展品與別不同之處。當然，大家在最後也要表達看過這個展覽後的感受。

春　朱自清

段 1

盼望着，盼望着，東風來了，春天的腳步近了。

段 2

一切都像剛睡醒的樣子，欣欣然張開了眼。山朗潤起來了，水長起來了，太陽的臉紅起來了。

段 3

小草偷偷地從土裏鑽出來，嫩嫩的，綠綠的。園子裏，田野裏，瞧去，一大片一大片滿是的。坐着，躺着，打兩個滾，踢幾腳球，賽幾趟跑，捉幾回迷藏。風輕悄悄的，草綿軟軟的。

桃樹、杏樹、梨樹，你不讓我，我不讓你，都開滿了花趕趟兒。紅的像火，粉的像霞，白的像雪。花裏帶着甜味，閉了眼，樹上彷彿已經滿是桃兒、杏兒、梨兒！花下成千成百的蜜蜂嗡嗡地鬧着，大小的蝴蝶飛來飛去。野花遍地是：雜樣兒，有名字的，沒名字的，散在草叢裏，像眼睛，像星星，還眨呀眨的。

段 4

「吹面不寒楊柳風」，不錯的，像母親的手撫摸着你。風裏帶來些新翻的泥土的氣息，混着青草味，還有各種花的香，都在微微潤濕的空氣裏醞釀。鳥兒將窠巢安在繁花嫩葉當中，高興起來了，呼朋引伴地賣弄清脆的喉嚨，唱出宛轉的曲子，與輕風流水應和着。牛背上牧童的短笛，這時候也成天在嘹亮地響。

段 5

雨是最尋常的，一下就是三兩天，可別惱。看，像牛毛，像花針，像細絲，密密地斜織着，人家屋頂上全籠着一層薄煙。樹葉子卻綠得發亮，小草也青得逼你的眼。傍晚時候，上燈了，一點點黃暈的光，烘托出一片安靜而和平的夜。鄉下去，小路上，石橋邊，撐起傘慢慢走着的人；還有地裏工作的農夫，披着蓑，戴着笠的。他們的草屋，稀稀疏疏的在雨裏靜默着。

段 6

天上風箏漸漸多了，地上孩子也多了。城裏鄉下，家家戶戶，老老小小，他們也趕趟兒似的，一個個都出來了。舒活舒

活筋骨，抖擻抖擻精神，各做各的一份事去。「一年之計在於

段 7 春」；剛起頭兒，有的是工夫，有的是希望。

段 8 春天像剛落地的娃娃，從頭到腳都是新的，它生長着。

段 9 春天像小姑娘，花枝招展的，笑着，走着。

春天像健壯的青年，有鐵一般的胳膊和腰腳，他領着我們

段 10 上前去。

導讀

梁科慶

〈春〉最初收錄在1933年上海中華書局出版的《初中國文讀本》第一冊之內。大概是應出版社邀約為初中生撰寫的教材，朱自清在生時並沒把〈春〉編入其散文集裏。儘管是語文教材，朱自清寫得仍很用心，且充分實踐他在1930年代提倡的散文理論「內地描寫」：

「現在所需要的是仔細的觀察，翔實的描寫。一種風格，一種人情，一處風景，只要看出它們的特異之處，有選擇地有條理地寫出來，定可給讀者一種新知識，新情趣——或者説，新了解，新態度。」[1]

朱自清把中國南方春天的特色，細緻生動地描寫出來，是一個很好的寫作示範。也許，「目標讀者」是初中生，又是課本範文，文中的比喻意象，並沒有朱氏散文常見的忸怩舞女、出浴美人，讀起來，反覺輕快爽朗。由於是範文，他至少作出四種修辭示範：

1. 比喻，使文章更生動、更形象。例如：「雨是最尋常的……看，像牛毛，像花針，像細絲，密密地斜織着」。

2. 擬人，使文章更真切。例如：「一切都像剛睡醒的樣子，欣欣然張開了眼。山朗潤起來了，水長起來了，太陽的臉紅起來了。」

3. 排比，使文章更有節奏。例如：「春天像剛落地的娃娃，從頭到腳都是新的，它生長着。春天像小姑娘，花枝招展的，笑着，走着。春天像健壯的青年，有鐵一般的胳膊和腰腳，他領着我們上前去。」

4. 疊字，使文章增添抑揚的跳躍感。例如：「城裏鄉下，家家戶戶，老老小小，他們也趕趟兒似的，一個個都出來了。舒活舒活筋骨，抖擻抖擻精神」，這幾組疊字的變化運用，由 AABB 式轉為 ABAB 式，令文句的調子更加輕快，更富動感。

從上述例子可見，文中的修辭變化和配搭，非常靈活，例如排比加擬人、比喻加排比等，運用起來，毫不刻板。

「春」本來是抽象的季節觀念，要寫得好，並不容易。朱自清透過對花草、樹木、風雨、昆蟲的仔細觀察，掌握其特徵與情趣，以優美的文字潤飾表達，運用大量修辭技巧，把「春」的絢麗多彩、生機勃勃，活潑具體的描寫出來，不落俗套，的確是語文學習的名篇。

1 陳孝全：《朱自清的藝術世界》（福州：福建教育出版社，1995），頁 118。

寫作指引

〈春〉雖然是一篇很短的文章，值得學習的地方卻比比皆是，尤其以感官描寫的運用最為突出。

感官描寫包括五個感官：視覺、聽覺、嗅覺、味覺和觸覺，通過這種手法可多角度描寫事物的特點。朱自清在〈春〉文中就運用了視覺、聽覺、嗅覺和觸覺四種，詳細可見以下文字：

1. 視覺描寫：第 6 段「雨是最尋常的，一下就是三兩天，可別惱。看，像牛毛，像花針，像細絲，密密地斜織着，人家屋頂上全籠着一層薄煙。樹葉子卻綠得發亮，小草也青得逼你的眼。傍晚時候，上燈了，一點點黃暈的光，烘托出一片安靜而和平的夜。」

2. 聽覺描寫：第 5 段「鳥兒將窠巢安在繁花嫩葉當中，高興起來了，呼朋引伴地賣弄清脆的喉嚨，唱出宛轉的曲子，與輕風流水應和着。牛背上牧童的短笛，這時候也成天在嘹亮地響。」

3. 嗅覺描寫：第 5 段「風裏帶來些新翻的泥土的氣息，混着青草味，還有各種花的香」

4. 觸覺描寫：第 5 段「都在微微潤濕的空氣裏醞釀」

憑着感官描寫的靈活動用，朱自清就把春天的繽紛色彩、清脆聲音、香甜氣味和濕潤觸感都呈現出來，抓緊了春天生機處處的特點。

朱自清還運用了大量擬人法來描寫春天的景物，大自然的事物都恍如人類般活動着，帶出了春天的動態，試細閱以下句子：

1.「小草偷偷地從土裏鑽出來……坐着，躺着，打兩個滾，踢幾腳球，賽幾趟跑，捉幾回迷藏。」

2.「桃樹、杏樹、梨樹，你不讓我，我不讓你，都開滿了花趕趟兒。」

3.「（鳥兒）呼朋引伴地賣弄清脆的喉嚨，唱出宛轉的曲子，與輕風流水應和着。」

大家還要留意第 6、7 段，在前部分寫了大量的春天自然景象後，這裏開始直接描寫人們的活動。人們在這美麗的春天裏，做着各種各樣的「工夫」，也隨着季節轉變而充滿幹勁。

學習過朱自清的寫作方法後，試以「夏日沙灘眾生相」為題寫作，首先可通過各種感官描寫，刻劃夏日沙灘所見、所聽、所嗅、所觸。切勿忘記主角是「眾生相」，人們的活動是非常重要的，大家宜直接描寫不同年紀、類型的人在沙灘的活動，如游泳、滑浪、堆沙、玩沙灘球、曬日光浴等情況和情態。大家也可嘗試將感官描寫用在人們活動上，刻劃人們製造出來的畫面、聲音、氣味等。

北海紀遊（節錄） 朱湘

……

我們談完之後，時候已經不早了；我們便起身，轉上槐路，繞海水的北岸，經過用黃色與淡青的琉璃瓦造成的琉璃牌樓，在路上談了一些話，便租定一隻小划船。這時候西北方已經起了烏雲，並且時時有涼風吹過白色的水面，頗有雨意，但是我們下了船。我們看見一個女郎獨划着一隻綠色的船，她身上穿着白色的衣裙，手上戴着白色的手套，草帽是淡黃色的，她的身軀節奏的與雙槳交互的低昂着，在船身轉彎的時候，那種一手順划一手逆划兩臂錯綜而動的姿勢更將女身的曲線美表現出來；我們看看，一邊豔羡，一邊自家划船的勇氣也不覺的陡增十倍。本來我的右手是因為前幾天划船過猛擦破了幾塊皮到如今剛合了創口的，到此也就忘記掉了。我們先從松坡圖書館向漪瀾堂划了一個直過，接着便向金鰲玉蝀橋放船過去；半路之上，果然有雨點稀疏的灑下來了。雨點落在水面之上，激起一個小渦，渦的外緣凸起，向中心凹下去，但是到了中心的時候，又突然的高起來，形成一個白的圓錐，上聯着雨絲。這不過是剎那中的事。雨渦接着迅捷的向四周展開去，波紋越遠越淡，以至於無。我此時不覺的聯想起濟慈的四行詩來：

段 1

"Ever let the Fancy roam,
Pleasure never is at home:
At a touch sweet Pleasure melteth,
Like to bubbles when rain pelteth."

段 2

雨大了起來。雨點含着光有如水銀粒似的密密落下。雨陣有如一排排的戈矛，在空中熠耀；匆促的雨點敲水聲便是銜枚疾走時腳步的聲息。這一片颯颯之中，還聽到一種較高的聲響，那就是雨落在新出水的荷葉上面時候發出來的。我們掉轉船頭，一面愉快的划着，一面避到水心的蘆棚下休息。

段 3

……

雨勢稍停，我們又划了出來。划了一程之後，忽然間刮起了勁風來；風在海面上吹起一陣陣的水霧，迷人眼睛，朦朧裏只見黑浪一個個向我們滾來。浪的上緣俯向前方，浪的下部凹入，真像一羣張口的海獸要跑來吞我們似的，水在船旁舐吮作響，船身的顛搖十分厲害：這刻的心境介於悦樂與驚恐之間，一心一目之中只記着，向前划！向前划！雖然兩臂麻木了，右手上已合的創口又裂了，還是記着，向前划！

段 4 ________________

上岸之後，雖然休息了許久，身體與手臂尚自在那裏擺動。還記得許多年前，頭一次鳧水，出水之後，身子輕飄飄的，好像鳥兒在空中飛翔一般；不料那時所感到的快樂又復現於今天了。

段 5 ________________

吃完點心之後，（今天的點心真鮮！）我們離開漪瀾堂，又向對岸渡過去，這次坐的是敞篷船。此刻雨陣過了，只有很疏的雨點偶爾飄來。展目遠觀，見魚肚白的夕空渲染着濃灰色以及淡灰色的未盡的雨雲，深淺不一，下面是暗青的海水，水畔低昂着嫩綠色的蘆葦，時有玄脊白腹的水鳥在一片綠色之中飛過。加上天水之間遠山上的翠柏之色，密葉中的幾點燈光，還有布穀高高的隱在雨雲之中發出清脆的啼聲，真令人想起了江南的煙雨之景。

段 6 ________________

上岸後，雨又重新下起來。但是我們兩人的興卻發作了：夢葦嚷着要征服自然；我嚷着要上天王殿的樓上去聽雨。我們走到殿的前頭，瞧見琉璃牌樓的三座孤門之上一毫未濕，便先在這裏停歇下來。這時候天已經黑了，我們從槐樹的葉中可以看得見天空已經轉成了與海水一樣深青的顏色，遠處的瓊島亮着一片燈光，燈光倒映在水中，晃動閃灼，有波紋把它分隔成許多層。雨點打在遠近無數的樹上，有時急，有時緩；急時，像獨坐在佛殿中，崢嶸的殿柱與莊嚴的佛像只在隱約的琉璃燈光與爐香的光點內可以瞧見；沉默充滿了寺內殿堂，寂靜瀰漫了寺外的山嶺；忽然之間，一陣風來，吹得簷角與塔尖的鐵馬銅鈴不斷的響，山中的老松怪柏謖謖的呼吼，雜着從遠峰飄來的瀑布的聲響，真是戰馬奔騰，怒潮澎湃。緩時，像在一座墓園之內，黃昏的時候，鳥兒在樹枝上棲息定了，鄉人已經離開了田野與牧場回到家中安歇，墳墓中的幽靈一齊無聲的偷了出來，伴着空中的蝙蝠作迴旋的啞舞；他們的腳步落得真輕，一點聲息不聞，只有螢蟲燃着的小青燈照見他們憧憧的影子在暗中來往；他們舞得愈出神，在旁觀看的人也愈屏息無聲；最後，白楊蕭蕭的歎起氣來，惋惜舞蹈之易終以及墓中人的逐漸零落投陽去了；一羣面龐黃瘦的小草也跟着點頭，颯颯的微語，說是這些話不錯。

段 7

雨聲之中，我們轉身瞧天王殿，只見黑魆魆的一點燈火俱無，我們登樓聽雨的計畫於是不得不終止了。我們又閒談起來。我們評論時人，預想未來，歸根又是談到文學上去。說到文學與藝術之關係的時候，我講：插圖極能增進讀者對於文學書籍的興趣，我們中國舊文學書中的插圖工細別致，《紅樓夢》一書更得到畫家不斷的為它裝畫。在西方這一方面的人材真是多不勝數，只拿英國來講，如從前的克魯可賢（Cruikshank），現代的畢茲雷（Beardsley），又如自己替自己的小説作插圖的薩克雷（Thackeray），都是膾炙人口的；還有文學與音樂的關係，我國古代與西方都是很密切的，好的抒情詩差不多都已譜入了音樂，成了人民生活的一部分；新詩則尚未得到音樂上的人材來在這方面致力。

段 8

我們談着，時刻已經不早了。雨算是過去了，但枝葉間雨滴依然紛亂的灑下，好像雨並沒有停住一般。偶爾有一輛人力車拖過，想必是遲歸的遊客乘着園內預備的車；還偶爾有人撐着紙傘拖着釘鞋低頭走過，這想必是園中的夫役。我們起身走上路時，只見兩行樹的黑影圍在路的左右，走到許遠，才看見一盞被雨霧朦了罩的路燈。大半時候還是憑着路中雨水窪的微光前進。

段 9

……

兩行高大的樹影矗立在兩旁，我們已經走到槐路上了。雨滴稀疏的淅瀝着。右望海水，一片昏黑，只有燈光的倒影與海那邊的幾點燈光閃亮。倒是為了這個緣故，我們的面前更覺得段 10　空曠了。

我們走到了團城下的石橋，走上橋時，兩人的腳步不期然而然的同時停下。橋左的一泓水中長滿了荷葉：有初出水的，貼水浮着；有已出水的，荷梗承着葉盤，或高或矮，或正或欹；葉面是青色，葉底則淡青中帶黃。在暗淡的燈光之下，一切的水禽皆已棲息了，只有魚兒唼喋的聲音，躍波的聲音，雜着曼長的水蚓的輕嘶，可以聽到。夜風吹過我們的耳邊，低語道：一切皆已休息了，連月姊都在雲中閉了眼安眠，不上天空之內走她孤寂的路程；你們也聽着魚蚓的催眠歌，入夢去罷。

段 11

周淑屏

本篇節錄了〈北海紀遊〉一文中描寫雨景的段落，作者從多方面去描寫雨，由「西北方已經起了烏雲」，到「頗有雨意」，然後是「雨點稀疏的灑下來了」到「雨大了起來」，再而「雨勢稍停」、「雨陣過了」，到「雨又重新下起來」、「雨滴稀疏的淅瀝着」。作者鉅細靡遺地寫了由起烏雲至下起雨來，後來雨勢變大，稍停後又再下起來，寫雨勢的變化多端，有許多值得我們欣賞、學習的地方。

首先，我們欣賞一下他寫雨點落在水面上激起了漩渦：

「雨點落在水面之上，激起一個小渦，渦的外緣凸起，向中心凹下去，但是到了中心的時候，又突然的高起來，形成一個白的圓錐，上聯着雨絲。這不過是剎那中的事。雨渦接着迅捷的向四周展開去，波紋越遠越淡，以至於無。」

其次，我們看看作者如何描寫雨聲：

「雨大了起來。雨點含着光有如水銀粒似的密密落下。雨陣有如一排排的戈矛，在空中熠耀；匆促的雨點敲水聲便是銜枚疾走時腳步的聲息。這一片颯颯之中，還聽到一種較高的聲響，那就是雨落在新出水的荷葉上面時候發出來的。」

復次，作者寫到雨勢時緩時急，更用了豐富的比喻去寫不同的雨勢：

「雨點打在遠近無數的樹上，有時急，有時緩；急時，像獨坐在佛殿中，崢嶸的殿柱與莊嚴的佛像只在隱約的琉璃燈光與爐香的光點內可以瞧見；沉默充滿了寺內殿堂，寂靜瀰漫了寺外的山嶺；忽然之間，一陣風來，吹得簷角與塔尖的鐵馬銅鈴不斷的響，山中的老松怪柏謖謖的呼吼，雜着從遠峰飄來的瀑布的聲響，真是戰馬奔騰，怒潮澎湃。緩時，像在一座墓園之內，黃昏的時候，鳥兒在樹枝上棲息定了，鄉人已經離開了田野與牧場回到家中安歇，墳墓中的幽靈一齊無聲的偷了出來，伴着空中的蝙蝠作迴旋的啞舞；他們的腳步落得真輕，一點聲息不聞，只有螢蟲燃着的小青燈照見他們憧憧的影子在暗中來往；他們舞得愈出神，在旁觀看的人也愈屏息無聲；最後，白楊蕭蕭的歎起氣來，惋惜舞蹈之易終以及墓中人的逐漸零落投陽去了；一羣面龐黃瘦的小草也跟着點頭，颯颯的微語，說是這些話不錯。」

欣賞、學習之後，試以「驟雨中的鬧市景象」為題，寫一寫以下三段文字：

1. 描寫雨點下在地上的水窪

2. 描寫雨聲

3. 用比喻寫雨勢大小

寫時記得留意雨勢時大時小的變化，以及雨下在不同地方發出的不同聲響。

蟬與紡織娘　鄭振鐸

你如果有福氣獨自坐在窗內，靜悄悄的沒一個人來打擾你，一點鐘，兩點鐘的過去，嘴裏銜着一支煙，躺在沙發上慢慢的噴着煙雲，看它一白圈一白圈的升上，那末在這靜境之內，你便可以聽到那牆角階前的鳴蟲的奏樂。

段 1

那鳴蟲的作響，真不是凡響；如果你曾聽見過曼杜令的低奏，你曾聽見過一支洞簫在月下湖上獨吹着，你曾聽見過紅樓的重幔中透漏出的弦管聲，你曾聽見過流水淙淙的由溪石間流過，或你曾倚在山閣上聽着颯颯的松風在足下拂過，那末，你便可以把那如何清幽的鳴蟲之叫聲想像到一二了。

段 2

蟲之樂隊，因季候的關係而頗有不同，夏天與秋令的蟲聲，便是截然的兩樣。蟬之聲是高曠的，享樂的，帶着自己滿足之意的；它高高的棲在梧桐樹或竹枝上，迎風而唱，那是生之歌，生之盛年之歌，那是結婚曲，那是中世紀武士美人的大宴時的行吟詩人之歌。無論聽了那嘰……嘰……的曼長聲，或嘰格……嘰格……的較短聲，都可同樣的受到一種輕快的美感。秋蟲的鳴聲最複雜。但無論紡織娘的咭嘎，蟋蟀的唧唧，金鈴子之叮令，還有無數無數不可名狀的秋蟲之鳴聲，其聲調之淒抑卻都是一樣的，它們唱的是秋之歌，是暮年之歌，是薤露之曲。它們的歌聲，是如秋風之掃落葉，怨婦之奏琵琶，孤峭而幽奇，清遠而淒迷，低徊而愁腸百結。你如果是一個孤客，獨宿於荒郊逆旅，一盞熒熒的油燈，對着一張板牀，一張木桌，一二張硬板凳，再一聽見四壁唧唧知知的蟲聲間作，那你今夜便不用再想穩穩的安睡了，什麼愁情，鄉思，以及人生之悲感，都會一串一串的從根兒勾引起來，在你心上翻來覆去，如白老鼠在戲籠中走輪盤一般，一上去便不用想下來憩息。如果你不是一個客人，你有家庭，你有很好的太太，你並沒有什麼閑愁胡想，那末，在你太太已睡之後，你想在書房中靜靜的寫些東西時，這唧唧的秋蟲之聲卻也會無端的竄入你的心裏，翻掘起你向不曾有過的一種淒感呢。如果那一夜是一個月夜，天井裏統是銀白色，枯禿的樹影，一根一條的很清朗的印在地上，那末你的感觸將更深了。那也許就是所謂悲秋。

段 3

秋蟲之聲，大都在蟬之夏曲已告終之後出現，那正與氣候之寒暖相應。但我卻有一次奇異的經驗；在無數的紡織娘之鳴聲已來了之後，卻又聽得滿耳的蟬聲。我想我們的讀者中有這種經驗的人是必不多的。

段 4

我在山中，每天聽見的只有蟬聲，鳥聲還比不上。那時天氣是很熱，即在山上，也覺得並不涼爽。正午的時候，躺在廊前的籐榻上，要求一點的涼風，卻見滿山的竹樹梢頭，一動也不動，看看足底下的花草，也都靜靜的站着，如老僧入了定似的。風扇之類既得不到，只好不斷的用手巾來拭汗，不斷的在搖揮那紙扇了。在這時候，往往有幾縷的蟬聲在檻外鳴奏着。閉了目，靜靜的聽了它們在忽高忽低，忽斷忽續，此唱彼和，彷彿是一大陣絕清幽的樂隊在那裏奏着絕清幽的曲子，炎熱似乎也減少了，然後，朦朧的朦朧的睡去了，什麼都不覺得。良久，良久，清夢醒來時，卻又是滿耳的蟬聲。山中的蟬真多！絕早的清晨，老媽子們和小孩子們常去抱着竹竿亂搖一陣，而一隻二隻的蟬便要跟隨了朝露而落到地上了。每一個早晨，在我們滴翠軒的左近，至少是百隻以上之蟬是這樣的被捉。但蟬聲並不減少。

段 5

常常的，一隻蟬兩隻蟬，嘰的一聲，飛入房內，如平時我們所見的青油蟲及燈蛾之飛入一樣。這也是必定被人所捉的。

有一天，見有什麼東西在檻外倒水的鉛斗中咯篤咯篤的作響，俯身到檻外一看，卻又是一隻蟬，這當然又是一個俘虜了。還有好幾次，在山脊上走時，忽見矮林叢中有什麼東西在動，撥開林叢一看，卻也是一隻蟬。它是被竹枝竹葉擋阻住了不能飛去。我把它拾在手中。同行的心南先生說，「這有什麼稀奇，放走了它吧。要多少還怕沒有！」我便順手把它向風中一送，它悠悠揚揚的飛去很遠很遠，漸漸的不見了。我想不到這只蟬就在剛才是地上拾了來的那一隻！

段 6

初到時，頗想把它們捉幾個寄到上海去送送人。有一次，便託了老媽子去捉。 她在第二天一早，果然捉了五六隻來放在一個大香煙紙盒中，不料給依真一見，她卻吵着，帶強迫的要去。我又託那個老媽子去捉。第二天，又捉了四五隻來。依真的紙盒中卻只剩下兩隻活的，其餘的都死了。到了晚上，我的幾隻，也死了一半。因此，寄到上海的計劃遂根本的打消了。從此以後，便也不再託人去捉，自己偶然捉來的，也都隨手的放去了。那樣不經久的東西，留下了它幹什麼用！不過孩子們卻還熱心的去捉。依真每天要捉至少三隻以上用細繩子縛在鐵杆上。有一次，曾有一隻蟬居然帶了紅繩子逃去了；很長的一根紅繩子，拖在它後面，在風中飄蕩着，很有趣味。

段 7

半個月過去了；有的時候，似乎蟬聲略少，第二天卻又多了起來。雖然是嘰……嘰……的不息的鳴着，卻並不覺喧擾；所以大家都不討厭它們。我卻特別的愛聽它們的歌唱，那樣的高曠清遠的調子，在什麼音樂會中可以聽得到！所以我每以蟬聲將絕為慮，時時的干涉孩子們的捕捉。

段 8 ____________________

到了一夜，狂風大作，雨點如從水龍頭上噴出似的，向檻內廊上傾倒。第二天還不放晴。再過一天，晴了，天氣卻很涼，蟬聲乃不再聽見了！全山上的鳴唱着的卻換了一種咭嘎……咭嘎……的急促而淒楚的調子，那是紡織娘。

段 9 ____________________

「秋天到了」，我這樣的説着，頗動了歸心。

段 10 ____________________

再一天，紡織娘還是咭嘎咭嘎的唱着。

段 11 ____________________

然而，第三天早晨，當太陽曬得滿山時，蟬聲卻又聽見了！且很不少。我初聽不信；嘰……嘰……嘰格……嘰格……那確是蟬聲！紡織娘之聲卻又潛蹤了。

段 12 ____________________

蟬回來了，跟它回來的是炎夏。從箱中取出的棉衣又復放入箱中。下山之計遂又打消了。

段 13 ____________________

誰曾於聽了紡織娘歌聲之後再聽見蟬的夏曲呢？這是我的一個有趣的經驗。

段 14 ____________________

十一月八日夜補記

阿谷

請問，〈蟬與紡織娘〉是什麼文學體裁？

抓住文章體裁非常重要，它決定了你閱讀的態度。例如你讀一部《水滸傳》，你便要用小說的角度來讀，有一點如幻似真，不能夠句句考究，段段求真。可是當你讀《滑鐵盧戰役》時，因為是歷史，主觀情感需要放輕一點，喜歡拿破崙也好，不喜歡拿破崙也好，讀來都應該持平客觀。

再請問：〈蟬與紡織娘〉是什麼文學體裁？文末題了：「十一月八日夜補記」的落款，有了日子和時間，我們可以大膽判定它是一篇「紀實文學」。

不過，且慢。全篇都是「紀實文學」？

那又不盡然，紀實文學要到文章的中段才出現。而首三段，卻是結構較複雜的文體，表現出作者的敘事能力和表現手法的多樣性。那是以內心獨白（第1、2段）為主調，到了第3段上半段，是內心獨白的擴充，即蟲鳴的比喻描述，到了第3段下半段，又回到主調的內心獨白上。因為複雜，希望我能解說得清楚，但一旦把複雜的結構解開了，大家會覺得十分有趣，並且保管爭相學效。所以，還請拿出一點耐性啊！

首三段大家見得最多的是「你如果」和「你曾聽見」的詞彙，這種詞彙並不是一種真實處境的描述，卻達到引起注意的目的。例如，「你如果有福氣獨自坐在窗內」、「你如果曾聽見過曼杜令（小提琴）的低奏」，「你如果是一個孤客」。……

「你如果」用紀實文學的態度來理解這幾段，馬上開動記憶，搜查一下自己曾否有作者描述的相同經驗，你會相當苦惱，因為你並不具備作者所提到的一切經驗，（至少，你不會獨坐窗前吸煙吧），因此，你也不能和他產生情感上的共鳴。

一旦我們實實在在的來讀這幾段文章，便掉進作者的陷阱裏。因為，鄭振鐸先生只不過在自說自話罷了。

不相信？作者放了一些密碼在裏頭的。密碼是「如果」和「你」。請你再重頭讀一遍，凡讀到「如果」就省去不讀；凡遇到「你」便改唸為「我」。請你試一試！

是不是很有趣？如果你喜歡創作，一定要找機會試一試，多練習，第一次寫得不自然，第二第三次便得心應手，然後自己又生出許多的變化來，那就更有趣了。

寫作指引

鄭振鐸在〈蟬與紡織娘〉中最着力描寫蟲鳴之聲，要寫出具體的蟲鳴，當然就用聽覺描寫。鄭振鐸寫得細緻傳神，試細味以下文字：

「無論聽了那嘰……嘰……的曼長聲，或嘰格……嘰格……的較短聲，都可同樣的受到一種輕快的美感。秋蟲的鳴聲最複雜。但無論紡織娘的咭嘎，蟋蟀的唧唧，金鈴子之叮令，還有無數無數不可名狀的秋蟲之鳴聲，其聲調之淒抑卻都是一樣的……」

寫蟲鳴聲音時，鄭振鐸亦用了不少比喻。為什麼用比喻？因為不是所有人都熟悉蟲鳴，所以將蟲鳴比喻為生活中其他常見的聲音，如「它們的歌聲，是如秋風之掃落葉，怨婦之奏琵琶，孤峭而幽奇，清遠而淒迷，低徊而愁腸百結。」；又如「靜靜的聽了它們在忽高忽低，忽斷忽續，此唱彼和，彷彿是一大陣絕清幽的樂隊在那裏奏着絕清幽的曲子……」，具體展現了作者喜愛的蟲鳴之聲。

因天氣關係突然停課是很多學生都經歷過的事，假設某天校長作出以下宣布，因為香港天文台將會改掛八號烈風信號，學校停課，請同學立即回家。試撰文一篇描述你由聽到宣布到離開校門的所見所聞。

題目要求寫關於「聽到宣布至離開校門」的這段時間，時間相當短，最多不過是十多分鐘左右。我們可嘗試在描述所見所聞中，多加着力描寫離開校門期間所聽到的聲響，例如窗外的風雨聲、同學們的歡呼聲、老師安撫的話、走廊的腳步聲等，以反映當時的景況；同學們聽到廣播後的反應和心情；老師對突發情況的處理，以及同學表現的混亂和騷動。

黄昏的觀前街　鄭振鐸

我剛從某一個大都市歸來。那一個大都市，説得漂亮些，是鄉村的氣息較多於城市的。它比城市多了些鄉野的荒涼況味，比鄉村卻又少了些質樸自然的風趣。疏疏的幾簇住宅，到處是綠油油的菜圃，是蓬蒿沒膝的廢園，是池塘半繞的空場，是已生了荒草的瓦礫堆。晚間更是淒涼。太陽剛剛西下，街上的行人便已「寥若晨星」。在街燈如豆的黄光之下，踽踽的獨行着，瘦影顯得更長了。足音也格外的寂寥。遠處野犬，如豹的狂吠着。黑衣的警察，幽靈似的扶槍立着。在前面的重要區域裏，彷彿有「站住！」「口號！」的呼叱聲。我假如是喜歡都市生活的話，我真不會喜歡到這個地方；我假如是喜歡鄉間生活的話，我也不會喜歡到這個所在。我的天！還是趁早走了吧。(不僅是「浩然」，簡直是「凜然有歸志」了！)

段 1

歸程經過蘇州，想要下去，終於因為捨不得拋棄了車票上的未用盡的一段路資，蹉跎的被火車帶過去了。歸後不到三天，長個子的樊與矮而美髯的孫，卻又拖了我逛蘇州去。早知道有這一趟走，還不中途而下，來得便利麼？

段 2

我的太太是最厭惡蘇州的，她說舒舒服服的坐在車上，走不了幾步，卻又要下車過橋了。我也未見得十分喜歡蘇州；一來是，走了幾趟都買不到什麼好書，二來是，住在閶門外，太像上海，而又沒有上海的繁華。但這一次，我因為要換換花樣，卻拖他們住到城裏去。不料竟因此而得到了一次永遠不曾領略到的蘇州景色。

段 3

我們跑了幾家書舖，天色已經漸漸的黑下來了，樊說，「我們找一個地方吃飯吧。」飯館裏是那末樣的擁擠，走了兩三家，才得到了一張空桌。街上已上了燈。樓窗的外面，行人也是那末樣的擁擠。沒有一盞燈光不照到幾堆子人的，影子也不落在地上，而落在人的身上。我不禁想起了某一個大城市的荒涼情景，說道，「這才可算是一個都市！」

段 4

這條街是蘇州城繁華的中心的觀前街。玄妙觀是到過蘇州的人沒有一個不熟悉的；那末粗俗的一個所在，未必有勝於北平的隆福寺，南京的夫子廟，揚州的教場。觀前街也是一條到過蘇州的人沒有一個不曾經過的；那末狹小的一道街，三個人並列走着，便可以不讓旁的人走，再加之以沒頭蒼蠅似的亂鑽而前的人力車，或籮或桶的一擔擔的水與蔬菜，混合成了一個道地的中國式的小城市的擁擠與紛亂無秩序的情形。

段 5

然而，這一個黃昏時候的觀前街，卻與白晝大殊。我們在這條街上舒適的散着步，男人，女人，小孩子，老年人，摩肩接踵而過，卻不喧嘩，也不推擁。我所得的蘇州印象，這一次可説是最好。—— 從前不曾於黃昏時候在觀前街散步過。半里多長的一條古式的石板街道，半部車子也沒有，你可以安安穩穩的在街心踱方步。燈光耀耀煌煌的，銅的，布的，黑漆金字的市招，密簇簇的排列在你的頭上，一舉手便可觸到了幾塊。茶食店裏的玻璃匣，亮晶晶的在繁燈之下發光，照得匣內的茶食通明的映入行人眼裏，似欲伸手招致他們去買幾色蘇製的糖食帶回去。野味店的山雞野兔，已烹製的，或尚帶着皮毛的都一串一掛的懸在你的眼前 —— 就在你的眼前，那香味直撲到你的鼻上。你在那裏，走着，走着。你如走在一所遊藝園中。你如在暮春三月，迎神賽會的當兒，擠在人羣裏，跟着他們跑，興奮而感到濃趣。你如在你的少小時，大人們在做壽，或娶親，地上鋪着花毯，天上張着錦幔，長隨打雜老媽丫頭，客人的孩子們，全都穿戴着嶄新的衣帽，穿梭似的進進出出，而你在其間，隨意的玩耍，隨意的奔跑。你白天覺得這條街狹小，在這時，你，才覺這條街狹小得妙。她將你緊壓住了，如夜間將自己的手放在心頭，做了很刺激的夢；她將你緊緊地擁抱住了，如一個愛人身體的熱情的擁抱；她將所有的寶藏，所有的繁華，所有的可引動人的東西，都陳列在你的面前，即在你的眼下，相去不到三尺左右，而別用一種黃昏的燈紗籠罩了起來，使他們更顯得隱約而動情，如一位對窗裏面的美人，如一位躲於綠簾後的少女。她假如也像別的都市巷道那樣的開朗闊大，那末，你便將永遠感不到這種親切的繁華的況味，你便將永遠受不到這種緊緊的箍壓於你的全身、你的全心的燠暖而温馥的情趣了。你平常覺得這條街閒人太多，過於擁擠，在這時卻正顯得人多的好處。你看人，人也看你；你的左邊是一位時裝的小姐，你的右邊是幾位隨了丈夫、父親上城的鄉姑，你的前面是一二位步履維艱的道地的蘇州老，一二位尖帽薄履的蘇式少年，你偶然回過頭來，你的眼光卻正碰在一位容光射人，衣飾過麗的少奶奶的身上。你的團團轉轉都是人，都是無關係的無關心的最馴良的人；你可以舒舒適適的踱着方步，一點也不用擔心什麼。這裏沒有乘機的偷盜，沒有誘人入魔窟的「指導者」，也沒有什麼電掣風馳，左衝右撞的一切車子。每一個人都是那末安閒的散步着，散步着；川流不息的在走，肩摩踵接的在走，他們永不會猛撞你身上而過。他們是走得那末安

描寫文

間，那末小心。你假如偶然過於大意的撞了人，或踏了人的足——那是極不經見的事！他們抬眼望了你，你對他們點點頭，表示歉意，也就算了。大家都感到一種的親切，一種的無損害，一種的無憂無慮的生活；大家都似躲在一個樂園中，在明月之下，綠林之間，悠閒的微步着，忘記了園外的一切。

段 6

那末鱗鱗比比的店房，那末密密接接的市招，那末耀耀煌煌的燈光，那末狹狹小小的街道，竟使你抬起頭來，看不見明月，看不見星光，看不見一絲一毫的黑暗的夜天。她使你不知道黑暗，她使你忘記了這是夜間。啊，這樣的一個「不夜之城！」

段 7

「不夜之城」的巴黎，「不夜之城」的倫敦，你如果要看，你且去歌劇院左近走着，你且去辟加德萊圈散步，準保你不會有一刻半秒的安逸；你得時時刻刻的擔心，時時刻刻的提防着，大都市的災害，是那末多。每個人都是匆匆的走馬燈似的向前走，你也得匆匆的走；每個人都是緊張着矜持着，你也自然得會緊張着，矜持着。你假如走慣了黃昏時候的觀前街，你在那裏準得是吃大苦頭，除非你已將老脾氣改得一乾二淨。你假如為店舖的窗中的陳列品所迷住了，譬如說，你要站住了仔仔細細的看一下，你準得要和後面的人猛碰一下，他必定要詫異的望了望你，雖然嘴裏說的是「對不起」。你也得說「對不起」，然而你也飽受了他，以至他們的眼光的奚落。你如走到了歌劇院的階前，你如走到了那爾遜的像下，你將見斗大的一個個市招或廣告牌，閃閃在放光；一片的燈光，映射得半個天空紅紅的。然而那裏卻是如此的開朗敞闊，建築物又是那末的宏偉，人雖擁擠，卻是那樣的藐小可憐，Taxi 和 Bus 也如小甲蟲似的，如紅蟻似的在一連串的走着。大半個天空是黑漆漆的，幾顆星在冷冷的映着眼看人。大都市的繁華終敵不住黑夜的侵襲。你在那裏，立了一會，只要一會，你便將完全的領受到夜的淒涼了。像觀前街那樣的燠暖温馥之感，你是永遠得不到的。你在那裏是孤零的，是寂寞的，算不定會有什麼飛災橫禍光臨到你身上，假如你要一個不小心。像在觀前街的那末舒適無慮的親切的感覺，你也是永遠不會得到的。

段 8

有觀前街的燠暖温馥與親切之感的大都市，我只見到了一個委尼司；即在委尼司的 St. Mark 方場的左近。那裏也是充滿了閒人，充滿了緊壓在你身上的燠暖的情趣的；街道也是那末狹小，也許更要狹，行人也是那末擁擠，也許更要擁擠，燈光也是那末輝輝煌煌的，也許更要輝煌。有人口口聲聲的稱呼蘇州為東方的委尼司；別的地方，我看不出，別的時候，我看不出，在黃昏時候的觀前街，我卻深切的感到了。——雖然觀前街少了那末弘麗的 Piazza of St. Mark，少了那末輕妙的此奏彼息的樂隊。

段 9

描寫文

周淑屏

這篇文章寫的是蘇州觀前街黃昏時的景物、行人。首先，作者將白晝的觀前街的擁擠與黃昏的觀前街行人雖多，卻可走得從容作出對比：

寫白晝時的擁擠：

「觀前街也是一條到過蘇州的人沒有一個不曾經過的；那末狹小的一道街，三個人並列走着，便可以不讓旁的人走，再加之以沒頭蒼蠅似的亂鑽而前的人力車，或籮或桶的一擔擔的水與蔬菜，混合成了一個道地的中國式的小城市的擁擠與紛亂無秩序的情形。」

寫黃昏時行人多而不擠：

「你平常覺得這條街閒人太多，過於擁擠，在這時卻正顯得人多的好處。你看人，人也看你；你的左邊是一位時裝的小姐，你的右邊是幾位隨了丈夫、父親上城的鄉姑，你的前面是一二位步履維艱的道地的蘇州老，一二位尖帽薄履的蘇式少年，你偶然回過頭來，你的眼光卻正碰在一位容光射人，衣飾過麗的少奶奶的身上。你的團團轉轉都是人，都是無關係的無關心的最馴良的人；你可以舒舒適適的踱着方步，一點也不用擔心什麼。這裏沒有乘機的偷盜，沒有誘人入魔窟的『指導者』，也沒有什麼電掣風馳，左衝右撞的一切車子。每一個人都是那末安閒的散步着，散步着；川流不息的在走，肩摩踵接的在走，他們永不會猛撞你身上而過。他們是走得那末安閒，那末小心。你假如偶然過於大意的撞了人，或踏了人的足——那是極不經見的事！他們抬眼望了你，你對他們點點頭，表示歉意，也就算了。大家都感到一種的親切，一種的無損害，一種的無憂無慮的生活；大家都似躲在一個樂園中，在明月之下，綠林之間，悠閒的微步着，忘記了園外的一切。」

作者又以黃昏時街上的招牌、店裏的燈光、店舖的陳設等，去營造、烘托出一個「不夜之城」的氣氛：

「燈光耀耀煌煌的，銅的，布的，黑漆金字的市招，密簇簇的排列在你的頭上，一舉手便可觸到了幾塊。茶食店裏的玻璃匣，亮晶晶的在繁燈之下發光，照得匣內的茶食通明的映入行人眼裏，似欲伸手招致他們去買幾色蘇製的糖食帶回去。野味店的山雞野兔，已烹製的，或尚帶着皮毛的都一串一掛的懸在你的眼前——就在你的眼前，那香味直撲到你的鼻上。」

「那末鱗鱗比比的店房，那末密密接接的市招，那末耀耀煌煌的燈光，那末狹狹小小的街道，竟使你抬起頭來，看不見明月，看不見星光，看不見一絲一毫的黑暗的夜天。她使你不知道黑暗，她使你忘記了這是夜間。啊，這樣的一個『不夜之城！』」

本文中最特別的，是作者運用了觸覺、感覺及豐富、富感染力的比喻，寫出對黃昏觀前街給他的最大感受——一種熯暖而溫馥的情趣：

「你白天覺得這條街狹小，在這時，你，才覺這條街狹小得妙。她將你緊壓住了，如夜間將自己的手放在心頭，做了很刺激的夢；她將你緊緊地擁抱住了，如一個愛人身體的熱情的擁抱；她將所有的寶藏，所有的繁華，所有的可引動人的東西，都陳列在你的面前，即在你的眼下，相去不到三尺左右，而別用一種黃昏的燈紗籠罩了起來，使他們更顯得隱約而動情，如一位對窗裏面的美人，如一位躲於綠簾後的少女。她假如也像別的都市巷道那樣的開朗闊大，那末，你便將永遠感不到這種親切的繁華的況味，你便將永遠受不到這種緊緊的箍壓於你的全身、你的全心的熯暖而溫馥的情趣了。」

欣賞完這些描寫手法，試以「一條別具特色的街道」為題，用不同感官的觀察，加上不同時間的對比，以及運用比喻等修辭手法寫作吧！

白馬湖之冬　夏丏尊

描寫文

在我過去四十餘年的生涯中，冬的情味嘗得最深刻的，要算十年前初移居白馬湖的時候了。十年以來，白馬湖已成了一個小村落，當我移居的時候，還是一片荒野，春暉中學的新建築巍然矗立於湖的那一面，湖的這一面的山腳下是小小的幾間新平屋，住着我和劉君心如兩家。此外兩三里內沒有人煙。一家人於陰曆十一月下旬從熱鬧的杭州移居於這荒涼的山野，宛如投身於極帶中。

段 1

那裏的風，差不多日日有的，呼呼作響，好像虎吼。屋宇雖係新建，構造卻極粗率，風從門窗隙縫中來，分外尖削。把門縫窗隙厚厚地用紙糊了，椽縫中卻仍有冷風透入。風刮得厲害的時候，天未夜就把大門關上，全家吃畢夜飯即睡入被窩裏，靜聽寒風的怒號，湖水的澎湃。靠山的小後軒，算是我的書齋，在全屋子中是風最少的一間，我常把頭上的羅宋帽拉得低低地在洋燈下工作至深夜。松濤如吼，霜月當窗，饑鼠吱吱在承塵上奔竄。我於這種時候，深感到蕭瑟的詩趣，常獨自撥劃着爐灰，不肯就睡，把自己擬諸山水畫中的人物，作種種幽邈的遐想。

段 2

現在白馬湖到處都是樹木了，當時尚一株樹木都未種，月亮與太陽卻是整個兒的，從山上起直要照到山下為止。在太陽好的時候，只要不刮風，那真和暖得不像冬天。一家人都坐在庭間曝日，甚至於吃午飯也在屋外，像夏天的晚飯一樣。日光曬到那裏，就把椅凳移到那裏。忽然寒風來了，只好逃難似地各自帶了椅凳逃入室中，急急把門關上。在平常的日子，風來大概在下午快要傍晚的時候，半夜即息。至於大風寒，那是整日夜狂吼，要二三日才止的。最嚴寒的幾天，泥地看去慘白如水門汀，山色凍得發紫而黯，湖波泛着深藍色。

段 3

下雪原是我所不憎厭的。下雪的日子，室內分外明亮，晚上差不多不用燃燈。遠山積雪，足供半個月的觀看，舉頭即可從窗中望見。可是究竟是南方，每冬下雪不過一二次，我在那裏所日常領略的冬的情味，幾乎都從風來。白馬湖的所以多風，可以說是有着地理上的原因的，那裏環湖原都是山，而北首卻有一個半里闊的空隙，好似故意張了袋口歡迎風來的樣子。白馬湖的山水，和普通的風景地相差不遠，惟有風卻與別的地方不同。風的多和大，凡是到過那裏的人都知道的。風在冬季的感覺中，自古佔着重要的因素，而白馬湖的風尤其特別。

段 4 ______________

現在，一家僦居上海多日了，偶然於夜深人靜聽到風聲的時候，大家就要提起白馬湖來，說「白馬湖不知今夜又刮得怎樣厲害哩！」

段 5 ______________

阿谷

讀夏丏尊的〈白馬湖之冬〉，要弄懂兩個問題。

第一個問題：文題的白馬湖之冬，重點在白馬湖，還是在冬？

第二個問題：作者描述白馬湖之冬，其實是描述白馬湖冬天的一幅風景畫，還是描繪作者在白馬湖過寒冬的感受？

理解第一個問題，是訓練讀者的觀察能力。我們由第 1 段讀起，學做偵探，找尋線索。第 1 段，根據作者的敘事，可以勾劃出一幅這樣的圖畫：十年前，作者大概三十歲，本來住在熱鬧的杭州，由於到一所建於白馬湖上的新學校履新，於是帶着家小在年底突然來到「荒涼極帶」的白馬湖。這是出於偶然，而且已是十年前的事了。第 2 段，一開始說「那裏的風」，一個段落數下去，「風」字出現六次，除了中段提過「澎湃」的湖水外，盡眼處，都是風言風語——「呼呼」、「虎吼」、「尖削」、「透入」、「厲害」、「怒號」。第 3 段，作者說，當時的白馬湖連一株樹也未種，沒有遮蔽，最宜坐在屋前曬太陽，但風起時又當別論。原來白馬湖的風還分了寒風、大寒風、最嚴寒的風幾番滋味，而這些滋味，作者都一一嚐透了。第 4 段，白馬湖出場了，作者談到白馬湖的地理環境，不過，對環境的分析，原來要解釋白馬湖為何多風，和「白馬湖的風尤其特別」。第 5 段，也就是結語，作者已不住白馬湖了，去了上海，但每當「聽到風聲」，一家人便會想到白馬湖的風不知要刮得怎樣的厲害。

經過一番抽絲剝繭以後，讀者大概可以心領神會：第一個問題的答案，重點是冬。既然是冬，那麼第二個問題也很容易解答。因為重點不是白馬湖，而是冬天的風，所以，這篇文章是描繪作者在白馬湖過寒冬的感受。

古人作文，有所謂心有寄託，借古諷今，借物寄情。夏丏尊的〈白馬湖之冬〉正好是最佳範例，整篇文章，「風」是描述的主體，夏丏尊的對風的感受才是真正的內容。如果讀者不理解，倒沒有關係，就當是一篇佳作看待好了。反正作者已抒發心中的感覺，記下了當年那裏的風的厲害。正是：「寒天飲雪水，冷暖在心頭」！

寫作指引

〈白馬湖之冬〉的主角其實是風，作者就只用了兩種手法寫風，就是直接描寫和人物烘托。

第 2 段是直接描寫的最佳例子，作者細緻地描寫風勢的強勁，從風的聲音、風吹進屋裏的方法都具體寫出來：

「那裏的風，差不多日日有的，呼呼作響，好像虎吼。屋宇雖係新建，構造卻極粗率，風從門窗隙縫中來，分外尖削。把門縫窗隙厚厚地用紙糊了，椽縫中卻仍有冷風透入。風刮得厲害的時候，天未夜就把大門關上，全家吃畢夜飯即睡入被窩裏，靜聽寒風的怒號，湖水的澎湃。」

人物烘托並非只用來烘托另一個人物的，更能夠倒過來，借助人物的行為、動作等烘托其他事物。夏丏尊在第 3 段中，便借人們在冬日裏的行為，用來凸顯寒風帶來的恐慌，而冬日太陽的和暖令人們喜愛。本來曬着冬天日光的人們，因為寒風到來，人們甚至「逃難似地各自帶了椅凳逃入室中，急急把門關上」，人們對日光和寒風的強烈反應更能顯現風勢厲害。

大家可運用直接描寫和人物烘托寫作「某節日裏在商場的所見所聞」一文，方法可依循以下兩項：

1. 以直接描寫來寫作，刻劃節日中商場的佈置特點。

2. 描寫逛商場的人們的活動，用以烘托節日中商場的熱鬧氣氛。

魯迅翁雜憶　夏丏尊

我認識魯迅翁，還在他沒有魯迅的筆名以前。我和他在杭州兩級師範學校相識，晨夕相共者好幾年，時候是前清宣統年間。那時他名叫周樹人，字豫才，學校裏大家叫他周先生。

段 1

那時兩級師範學校有許多功課是聘用日本人為教師的，教師所編的講義要人翻譯一遍，上課的時候也要有人在旁邊翻譯。我和周先生在那裏所擔任的就是這翻譯的職務。我擔任教育學科方面的翻譯，周先生擔任生物學科方面的翻譯。此時，他還兼任着幾點鐘的生理衛生的教課。

段 2

翻譯的職務是勞苦而且難以表現自己的，除了用文字語言傳達他人的意思以外，並無任何可以顯出才能的地方。周先生在學校裏卻很受學生尊敬，他所譯的講義就很被人稱讚。那時白話文尚未流行，古文的風氣尚盛，周先生對於古文的造詣，在當時出版不久的《域外小說集》裏已經顯出。以那樣的精美的文字來譯動物植物的講義，在現在看來似乎是浪費，可是在三十年前重視文章的時代，是很受歡迎的。

段 3

周先生教生理衞生，曾有一次答應了學生的要求，加講生殖系統。這事在今日學校裏似乎也成問題，何況在三十年以前的前清時代。全校師生們都為驚訝，他卻坦然地去教了。他只對學生提出一個條件，就是在他講的時候不許笑。他曾向我們說：「在這些時候不許笑是個重要條件。因為講的人的態度是嚴肅的，如果有人笑，嚴肅的空氣就破壞了。」大家都佩服他的卓見。據說那回教授的情形果然很好。別班的學生因為沒有聽到，紛紛向他來討油印講義看，他指着剩餘的油印講義對他們說：「恐防你們看不懂的，要麼，就拿去。」原來他的講義寫得很簡，而且還故意用着許多古語，用「也」字表示女陰，用「了」字表示男陰，用「糸」字表示精子，諸如此類，在無文字學素養未曾親聽過講的人看來，好比一部天書了。這是當時的一段珍聞。

段 4

周先生那時雖尚年輕，豐采和晚年所見者差不多。衣服是向不講究的，一件廉價的羽紗——當年叫洋官紗——長衫，從端午前就着起，一直要着到重陽。一年之中，足足有半年看見他着洋官紗，這洋官紗在我記憶裏很深。民國十五年初秋他從北京到廈門教書去，路過上海，上海的朋友們請他吃飯，他着的依舊是洋官紗。我對了這二十年不見的老朋友，握手以後，不禁提出「洋官紗」的話來。「依舊是洋官紗嗎？」我笑說。「呃，還是洋官紗！」他苦笑着回答我。

段 5

周先生的吸捲煙是那時已有名的。據我所知，他平日吸的都是廉價捲煙，這幾年來，我在內山書店時常碰到他，見他所吸的總是金牌、品海牌一類的捲煙。他在杭州的時候，所吸的記得是強盜牌。那時他晚上總睡得很遲，強盜牌香煙、條頭糕，這兩件是他每夜必需的糧。服侍他的齋夫叫陳福。陳福對於他的任務，有一件就是每晚搖寢鈴以前替他買好強盜牌香煙和條頭糕。我每夜到他那裏去閑談，到搖寢鈴的時候，總見陳福拿進強盜牌和條頭糕來，星期六的夜裏備得更富足。

段 6

周先生每夜看書，是同事中最會熬夜的一個。他那時不做小說，文學書是喜歡讀的。我那時初讀小說，讀的以日本人的東西為多，他贈了我一部《域外小說集》，使我眼界為之一廣。我在二十歲以前曾也讀過西洋小說的譯本，如小仲馬、狄更斯諸家的作品，都是從林琴南的譯本讀到過的。《域外小說集》裏所收的是比較近代的作品，而且都是短篇，翻譯的態度，文章的風格，都和我以前所讀過的不同。這在我是一種新鮮味。自此以後，我於讀日本人的東西以外，又搜羅了許多日本人所譯的歐美作品來讀，知道的方面比較多起來了。他從五四以來，在文字上、思想上，大大地盡過啟蒙的努力。我可以說在三十年前就受他啟蒙的一個人，至少在小說的閱讀方面。 段7

周先生曾學過醫學。當時一般人對於醫學的見解，還沒有現在的明瞭，尤其關於屍體解剖等類的話，是很新奇的。閑談的時候，常有人提到這屍體解剖的題目，請他講講「海外奇談」。他都一一說給他們聽。據他說，他曾經解剖過不少的屍體，有老年的、壯年的、男的、女的。依他的經驗，最初也曾感到不安，後來就不覺得什麼了，不過對於青年的婦人和小孩的屍體，當開始去破壞的時候，常會感到一種可憐不忍的心情。尤其是小孩的屍體，更覺得不好下手，非鼓起了勇氣，拿不起解剖刀來。我曾在這些談話上領略到他的人間味。 段8

周先生很嚴肅，平時是不大露笑容的，他的笑必在詼諧的時候。他對於官吏似乎特別憎惡，常摹擬官場的習氣，引人發笑。現在大家知道的「今天天氣……哈哈」一類的摹擬諧謔，那時從他口頭已常聽到。他在學校裏是一個幽默者。 段9

周淑屏

在〈魯迅翁雜憶〉一文中，作者夏丏尊通過幾段生動的行為描寫，將魯迅的性格展現在讀者眼前。

他通過寫魯迅對穿着從不講究，常穿一件羽紗長衫，表現他淡薄、儉樸的一面，文章第 5 段請你仔細閱讀、細味一下這些文字。

然後，作者花了大量文字去寫魯迅在治學、教學上嚴肅、認真的一面。

如本文的第 2 至 4 段，作者都着重描寫了魯迅治學、教學認真的一面，第 4 段更引用了一些對話，表現出魯迅在認真、投入教學之餘，對學生十分愛護，對學生在求學上的合理要求，幾乎是有求必應的。

在本文的第 8、9 段中，作者又重點描寫了魯迅的性格在嚴肅、認真之外，又有其富人情味及幽默感的一面。

在本文中，作者生動又完整地刻劃出魯迅在師範學校教學時期展現出的品格、面貌。試參考本文的作法，以「一位具有中國傳統優良品格的老師」為題，寫作文章。

你從你就讀的學校的某位老師身上，可看到他與中國傳統的優秀一面有關的品格嗎(如仁愛、忠於職守、謙讓、公義、正直等)?請將能展現他這種品格的行為挑出來,寫作二至三段人物描寫的片段。

補破衣的老婦人　許地山

她坐在簷前，微微的雨絲飄搖下來，多半聚在她臉龐的皺紋上頭。她一點也不理會，儘管收拾她的筐子。

段 1

在她的筐子裏有很美麗的零剪綢緞；也有很粗陋的麻頭、布尾。她從沒有理會雨絲在她頭、面、身體之上亂撲；只提防着筐裏那些好看的材料沾濕了。

段 2

那邊來了兩個小弟兄，也許他們是學校回來。小弟弟管叫她做「衣服的外科醫生」；現在見她坐在簷前，就叫了一聲。

段 3

她抬起頭來，望着這兩個孩子笑了一笑。那臉上的皺紋雖皺得更厲害，然而生的痛苦可以從那裏擠出許多，更能表明她是一個享樂天年的老婆子。

段 4 ______

小弟弟說：「醫生，你只用筐裏的材料在別人的衣服上，怎麼自己的衣服卻不管了？你看你肩脖補的那一塊又該掉下來了。」

段 5 ______

老婆子摩一摩自己的肩脖，果然隨手取下一塊小方布來。她笑着對小弟弟說：「你的眼睛實在精明！我這塊原沒有用線縫住；因為早晨忙着要出來，只用漿子暫時糊着，盼望晚上回去彌補；不提防雨絲替我揭起來了！……這揭得也不錯。我，既如你所說，是一個衣服的外科醫生，那麼，我是不怕自己的衣服害病的。」

段 6 ______

她仍整理筐裏的零剪綢緞，沒理會雨絲零落在她身上。

段 7 ______

哥哥說：「我看爸爸手冊裏夾着許多的零剪文件，他也是像你一樣，不時地翻來翻去。他……」

段 8 ______

弟弟插嘴說：「他也是另一樣的外科醫生。」

段 9 ______

老婆子把眼光射在他們身上，說：「哥兒們，你們說得對了。你們的爸爸愛惜小冊裏的零碎文件，也和我愛惜筐裏的零

剪綢緞一般。他湊合多少地方的好意思，等用得着時，就把他們編連起來，成為一種新的理解。所不同的，就是他用的頭
段 10 腦；我用的只是指頭便了。你們叫他做……」

說到這裏，父親從裏面出來，問起事由，便點頭說：「老婆子，你的話很中肯。我們所為，原就和你一樣，東搜西羅，
段 11 無非是些綢頭、布尾，只配用來補補破衲襖罷了。」

父親說完，就下了石階，要在微雨中到葡萄園裏，看看他的葡萄長芽了沒有。這裏孩子們還和老婆子爭論着要號他們的
段 12 爸爸做什麼樣醫生。

導讀

周淑屏

我們在許地山這篇題為〈補破衣的老婦人〉的文章中，看看他如何透過肖像及語言描寫去表現人物的性格、特徵。

在肖像描寫方面，作者除了寫這個補破衣的婦人臉上的皺紋以外，再沒描寫她的其他樣貌特徵，但作者又巧妙地用了她臉上的皺紋來透視她豁達的性格：

「她抬起頭來，望着這兩個孩子笑了一笑。那臉上的皺紋雖皺得更厲害，然而生的痛苦可以從那裏擠出許多，更能表明她是一個享樂天年的老婆子。」

除了寫皺紋之外，作者聚集在寫她身旁的筐子上，又透過她與小弟弟的對話，凸顯她衣服上的補丁，以刻劃她敬業樂業的一面。

「在她的筐子裏有很美麗的零剪綢緞；也有很粗陋的麻頭、布尾。她從沒有理會雨絲在她頭、面、身體之上亂撲；只提防着筐裏那些好看的材料沾濕了。」

「小弟弟說：『醫生，你只用筐裏的材料在別人的衣服上，怎麼自己的衣服卻不管了？你看你肩脖補的那一塊又該掉下來了。』

老婆子摩一摩自己的肩脖，果然隨手取下一塊小方布來。她笑着對小弟弟說：『你的眼睛實在精明！我這塊原沒有用線縫住；因為早晨忙着要出來，只用漿子暫時糊着，盼望晚上回去彌補；不提防雨絲替我揭起來了！……這揭得也不錯。我，既如你所說，是一個衣服的外科醫生，那麼，我是不怕自己的衣服害病的。』

她仍整理筐裏的零剪綢緞，沒理會雨絲零落在她身上。」

她那麼着緊筐子裏用作補丁的碎布料，不介意自己被雨水沾濕也要護着布料；她自己身上的衣服破了洞也沒補回，只是暫時用漿糊黏着，卻將全副心思放在為客人縫補衣服上。這是她的性格特徵。

同學們，你有在街上遇見過拾紙皮的老婆婆嗎？她的衣着、打扮是怎樣的，你能否挑出她的樣貌、衣着、打扮上的特徵去表現出她的性格？可以試試寫下來嗎？

本文中作者運用老婦人與小兄弟的兩段對話，帶出老婦人樂天知命、敬業樂業的性格。你有聽到過拾紙皮的老婆婆和其他人的對話嗎？可否將這些對話寫出來，讓讀者瞭解她性格特點的一、二？

九小時的萍水緣（節錄） 徐志摩

我忘不了她。她是在人生的急流裏轉着的一張萍葉，我見着了它，掬在手裏把玩了一晌，依舊交還給它的命運，任它飄流去——它以前的飄泊我不曾見來，它以後的飄泊，我也見不着，但就這曾經相識匆匆的因緣——實際上我與她相處不過九小時——已在我的心泥上印下蹤迹，我如何能忘，在憶起時如何能不感須臾的惆悵？

段 1

那天我坐在那熱鬧的飯店裏瞥眼看着她，她獨坐在燈光最暗漆的屋角裏，這屋內哪一個男子不帶媚態，哪一個女子的胭脂口上不沾笑容，就只她：穿一身淡素衣裳，戴一頂寬邊的黑帽，在髫密的睫毛上隱隱閃亮着深思的目光——我幾乎疑心她是修道院的女僧偶爾到紅塵裏隨喜來了。我不能不接着注意她，她的別樣的支頤的倦態，她的曼長的手指，她的落寞的神情，有意無意間的歎息，在在都激發我的好奇——雖則我那時左邊已經坐下了一個瘦的，右邊來了肥的，四條光滑的手臂不住的在我面前晃着酒杯。但更使我奇異的是她不等跳舞開始就匆匆的出去了，好像害怕或是厭惡似的。第一晚這樣，第二晚又是這樣：獨自默默的坐着，到時候又匆匆的離去。到了第三晚她再來的時候我再也忍不住不想法接近她。第一次得着的回音，雖則是「多謝好意，我再不願交友」的一個拒絕，只是加深了我的同情的好奇。我再不能放過她。巴黎的好處就在處處近人情；愛慕的自由是永遠容許的。你見誰愛慕誰想接近誰，決不是犯罪，除非你在經程中洩漏了你的塵氣暴氣，陋相或是貧相，那不是文明的巴黎人所能容忍的。只要你「識相」，上海人說的，什麼可能的機會你都可以利用。對方人理你不理你，當然又是一回事；但只要你的步驟對，文明的巴黎人決不讓你難堪。

段 2

我不能放過她。第二次我大膽寫了個字條付中間人——店主人——交去。我心裏直怔怔的怕討沒趣。可是回話來了——她就走了，你跟着去吧。

段 3

她果然在飯店門口等着我。

段 4

你為什麼一定要找我說話，先生，像我這再不願意有朋友的人？

段 5 ________________

她張着大眼睛看我，口唇微微的顫着。

段 6 ________________

我的冒昧是不望恕的，但是我看了你憂鬱的神情我足足難受了三天，也不知怎的我就想接近你，和你談一次話，如其你許我，那就是我的想望，再沒有別的意思。

段 7 ________________

真的她那眼內綻出了淚來，我話還沒說完。

段 8 ________________

想不到我的心事又叫一個異邦人看透了……她聲音都啞了。

段 9 ________________

我們在路燈的燈光下默默地互注了一晌，並着肩沿馬路走去，走不到多遠她說不能走，我就問了她的允許雇車坐下，直望波龍尼大林園清涼的暑夜裏兜去。

段 10 ________________

原來如此，難怪你聽了跳舞的音樂像是厭惡似的，但既然不願意何以每晚還去？

段 11 ________________

那是我的感情作用；我有些捨不得不去，我在巴黎一天，那是我最初遇見——他的地方，但那時候的我……可是你真的

同情我的際遇嗎，先生？我快有兩個月不開口了，不瞞你說，今晚見了你我再也不能制止，我爽性說給你我的生平的始末
段 12 吧，只要你不嫌。我們還是回那飯莊去罷。

段 13 你不是厭煩跳舞的音樂嗎？

她初次笑了。多齊整潔白的牙齒，在道上的幽光裏亮着！
段 14 有了你我的生氣就回復了不少，我還怕什麼音樂？

我們倆重進飯莊去選一個犄角坐下，喝完了兩瓶香檳，從十一時舞影最凌亂時談起，直到早三時客人散盡侍役打掃屋子時才起身走，我在她的可憐身世的演述中遺忘了一切，當前的
段 15 歌舞再不能分我絲毫的注意。

……

周淑屏

讓我們在本文中學習一下人物描寫的四個方面：肖像、語言、行動、心理描寫。

在〈九小時的萍水緣〉這篇文章中，給讀者很深印象的是作者介紹他的描寫對象出場的一段肖像描寫的文字：

「就只她：穿一身淡素衣裳，戴一頂寬邊的黑帽，在鬅密的睫毛上隱隱閃亮着深思的目光——我幾乎疑心她是修道院的女僧偶爾到紅塵裏隨喜來了。我不能不接着注意她，她的別樣的支頤的倦態，她的曼長的手指，她的落寞的神情，有意無意間的歎息，在在都激發我的好奇……」

短短的一段文字，就將這個女子充滿哀愁的落寞形象描繪了出來。

現在，請你來做個練習，找一個同學來觀察一下，然後寫一段肖像描寫的文字。你可以參考〈九小時的萍水緣〉，寫出他／她的衣着、髮型、臉形、五官的特徵、表情、神態等。

從一個人的外表、神態，我們可以窺探到他們的內心世界，就像本文中作者描寫的這個女子，從幾句簡短的描寫中，帶出了她幽怨及令人好奇的身世：

「她張着大眼睛看我，口唇微微的顫着。」

「真的她那眼內綻出了淚來，我話還沒說完。」

「她初次笑了。多齊整潔白的牙齒，在道上的幽光裏亮着！」

從你觀察一個同學的神態、表情、他 / 她的一個笑容、一個皺眉的動作、一個手勢等等，可以表現他 / 她的性格嗎？何不現在就寫下來，練習一下。

差不多先生傳　胡適

你知道中國最有名的人是誰？

段1

提起此人，人人皆曉，處處聞名。他姓差，名不多，是各省各縣各村人氏。你一定見過他，一定聽過別人談起他。差不多先生的名字天天掛在大家的口頭，因為他是中國全國人的代表。

段2

差不多先生的相貌，和你和我都差不多。他有一雙眼睛，但看的不很清楚；有兩隻耳朵，但聽的不很分明；有鼻子和嘴，但他對於氣味和口味都不很講究；他的腦子也不小，但他的記性卻不很精明，他的思想也不細密。

段3

段 4

他常常說：「凡事只要差不多，就好了。何必太精明呢？」

段 5

他小的時候，他媽叫他去買紅糖，他買了白糖回來。他媽罵他，他搖搖頭道：「紅糖白糖，不是差不多嗎？」

段 6

他在學堂的時候，先生問他：「直隸省的西邊是哪一省？」他說是陝西。先生說：「錯了，是山西，不是陝西。」他說：「陝西同山西，不是差不多嗎？」

段 7

後來他在一個錢舖裏做夥計；他也會寫，也會算，只是總不會精細。十字常常寫成千字，千字常常寫成十字。掌櫃的生氣了，常常罵他，他只笑嘻嘻地賠小心道：「千字比十字只多一小撇，不是差不多嗎？」

段 8

有一天，他為了一件要緊的事，要搭火車到上海去。他從從容容地走到火車站，遲了兩分鐘，火車已開走了。他白瞪着眼，望着遠遠的火車上的煤煙，搖搖頭道：「只好明天再走了，今天走同明天走，也還差不多。可是火車公司未免太認真了。八點三十分開，同八點三十二分開，不是差不多嗎？」他一面說，一面慢慢地走回家，心裏總不很明白為什麼火車不肯等他兩分鐘。

有一天，他忽然得一急病，趕快叫家人去請東街的汪醫生。那家人急急忙忙跑去，一時尋不着東街的汪大夫，卻把西街的牛醫王大夫請來了。差不多先生病在牀上，知道尋錯了人；但病急了，身上痛苦，心裏焦急，等不得了，心裏想道：「好在王大夫同汪大夫也差不多，讓他試試看罷。」於是這位牛醫王大夫走近牀前，用醫牛的法子給差不多先生治病。不上一點鐘，差不多先生就一命嗚呼了。

段 9

差不多先生差不多要死的時候，一口氣斷斷續續地説道：「活人同死人也差……差……差不多，……凡事只要……差……差……不多……就……好了，……何……何……必……太……太認真呢？」他説完了這句格言，方才絕氣了。

段 10

他死後，大家都很稱讚差不多先生樣樣事情看得破，想得通；大家都説他一生不肯認真，不肯算賬，不肯計較，真是一位有德行的人。於是大家給他取個死後的法號，叫他做圓通大師。

段 11

他的名譽愈傳愈遠，愈久愈大。無數無數的人都學他的榜樣。於是人人都成了一個差不多先生。——然而中國從此就成為一個懶人國了。

段 12

阿谷

胡適的〈差不多先生傳〉是一篇流傳甚廣的描寫文，因為文中描述的人物差不多先生寫得活靈活現，令人如見其人。描寫文不容易寫得好，如果對描寫的事件、人物、景物等認識透徹，下筆便有了負擔，愈想描述得自然卻描述得愈不自然，解釋過了頭，讀者只覺得沉悶。如果對描述對象認識不深，下筆只能避重就輕，點到即止，這樣，文章顯得抽象模糊，讀者感覺泛泛，讀後即忘了。

〈差不多先生傳〉卻不是這樣，簡單的描述，讀後深印腦海，差不多先生的形象竟揮之不去！而且，大家有沒有留意，差不多先生根本不存在啊！胡適是怎樣做到這樣的效果？胡適非常聰明，首先，在體裁方面，他選擇了「傳記」體，一旦選用了傳記體，就要遵從體裁的簡單敘事格式：

1. 他的國籍；
2. 姓名；
3. 性別；
4. 籍貫；
5. 外觀描述；
6. 個性描述。

好像開單執藥，傳記文學都應具備這些基本資料。胡適先用一句提問句介紹差不多先生出場後，接下來的二、三段，用非常活潑的文句交待了上述的六項資料，第五、六項更用了排比句幫助突出差不多先生的形象：「有一雙眼睛，但看的不很清楚；有兩隻耳朵，但聽的不很分明；有鼻子和嘴，但他對於氣味和口味都不很講究；他的腦子也不小，但他的記性卻不很精明，他的思想也不細密。」巧妙地將二者互為作用。哦，大家立刻明白差不多先生是怎樣一號人物了。

可是，這樣的描述還不足夠，一定要舉例説明，以便描述對象更具體。差不多先生的做人哲學是「凡事只要差不多，就好了。何必太精明呢？」接着下來，胡適便要舉例説明這種做人哲學。他的表現方法很簡單，一説便明，就是按時序先後排列：

1. 他小時候的一個例子；
2. 他讀書的一個例子；
3. 他上班的一個例子；
4. 他社交活動的一個例子；
5. 最後是他病發身亡的例子。

層次分明，不會遺忘。我們可以説，胡適對文體的掌握真的做到駕輕就熟。

第二方面就是內容。描寫文的內容可分為兩類：一類是讀者陌生的，另一類是讀者不陌生。那麼，是陌生的內容受歡迎，或者不陌生的內容受歡迎？當然是不陌生的內容受歡迎了。比方，你喜歡看醫學雜誌還是飲食雜誌？除非你是「包坳頸」，不然答案一定是後者。這個差不多先生，胡適說他「人人皆曉，處處聞名」，大家把他的名字「天天掛在口頭」。因為，每人身邊總有一個，「他」是他，也是你，更可能是我。作者成功透過這位差不多先生，將我們共同的經驗都集合起來，引動了讀者的主觀情感。「是了，是了，就是這樣了！」讀者在爭相閱讀文章時，還不斷將內容自行延續、擴充呢！

其實，通過文章，胡適把所有的中國人都奚落了，為什麼我們不覺得唐突，反而感到暢快？

寫作指引

在〈差不多先生傳〉文中，肖像描寫非常簡略，只有第 3 段寥寥幾句，「他有一雙眼睛，但看的不很清楚；有兩隻耳朵，但聽的不很分明；有鼻子和嘴，但他對於氣味和口味都不很講究」。因為差不多先生是個虛構人物，樣貌怎樣並不特別重要，如果與他差不多的性格沒太大關係，作者自然就不交代；若果與差不多這項性格相關，作者才將外貌特點扼要交待。

這篇文章最值得學習的，可謂是語言描寫的手法。文中記述了差不多先生的數件生活瑣事，每件事的來龍去脈都以精簡為主，惟一作出詳盡描寫的部分就是差不多先生的說話，尤其「不是差不多嗎？」一句。「差不多」是差不多先生的口頭禪，同時也凸顯差不多先生的凡事差不多性格。

為了凸顯差不多先生的做事馬虎隨便，作者還運用了襯托。在記述差不多先生的處事方法時，作者總會描述幾句旁人的反應，如第 5 段差不多先生買錯白糖時，「他媽罵他」；又如第 6 段工作算錯賬目時，「掌櫃的生氣了，常常罵他」等等。借助描寫別人的認真態度，反映差不多先生的不認真。

學習過〈差不多先生傳〉的寫作手法之後，接着試運用語言描寫和襯托手法來寫作作文題目「有朋自遠方來」。題目說明是朋友從遙遠的地方到來，大家可先思考朋友從遠方而來的原因，而既然朋友來自遠方，你跟他一定不能常見面，難得見面，想想彼此通常會談些什麼話題。然後寫作一段與遠方好友之間的對話，用語言描寫塑造朋友的性格特點和想法；又或描寫一個小事件，例如朋友帶了禮物來、朋友要求你幫忙一些事、與朋友一起吃飯或外出等，利用襯托寫出你和朋友，甚至其他人之間的互動，以凸顯朋友的性情。

我的母親（節錄） 胡適

……

但這九年的生活，除了讀書看書之外，究竟給了我一點做人的訓練。在這一點上，我的恩師便是我的慈母。

段1

每天天剛亮時，我母親便把我喊醒，叫我披衣坐起。我從不知道她醒來坐了多久了。她看見我清醒了，才對我說昨天我做錯了什麼事，說錯了什麼話，要我認錯，要我用功讀書。有時候她對我說父親的種種好處，她說：「你總要踏上你老子的腳步，我一生只曉得這一個完全的人，你要學他，不要跌他的股。」（跌股便是丟臉，出醜。）她說到傷心處，往往掉下淚來。到天大明時，她才把我的衣服穿好，催我去上早學。學堂門上的鎖匙放在先生家裏；我先到學堂門口一望，便跑到先生家裏去敲門。先生家裏有人把鎖匙從門縫裏遞出來，我拿了跑回去，開了門，坐下唸生書。十天之中，總有八九天我是第一個去開學堂門的。等到先生來了，我背了生書，才回家吃早飯。

段 2 ______________________

我母親管束我最嚴，她是慈母兼任嚴父。但她從來不在別人面前罵我一句，打我一下。我做錯了事，她只對我一望，我看了她的嚴厲眼光，便嚇住了。犯的事小，她等到第二天早晨我眠醒時才教訓我。犯的事大，她等到晚上人靜時，關了房門，先責備我，然後行罰，或罰跪，或擰我的肉。無論怎樣重罰，總不許我哭出聲音來。她教訓兒子不是借此出氣叫別人聽的。

段 3 ______________________

有一個初秋的傍晚，我吃了晚飯，在門口玩，身上只穿一件單背心。這時候我母親的妹子玉英姨母在我家住，她怕我冷了，拿了一件小衫出來叫我穿上。我不肯穿，她說：「穿上吧，涼了。」我隨口回答：「娘（涼）什麼！老子都不老子呀。」我剛說了這句話，一抬頭，看見母親從家裏走出，我趕快把小衫穿上。但她已聽見這句輕薄的話了。晚上人靜後，她罰我跪下，重重的責罰了一頓。她說：「你沒了老子，是多麼得意的事！

好用來說嘴！」她氣的坐着發抖，也不許我上牀去睡。我跪着哭，用手擦眼淚，不知擦進了什麼微菌，後來足足害了一年多的眼翳病。醫來醫去，總醫不好。我母親心裏又悔又急，聽說眼翳可以用舌頭舔去，有一夜她把我叫醒，她真用舌頭舔我的病眼。這是我的嚴師，我的慈母。

段 4

周淑屏

在這幾段短短的文章節錄中，胡適先生用飽含了感情的文字，透過豐富的語言、行為描寫，展現了他母親當時的內心世界，這幾段文字，可說是很有分量的心理描寫，十分值得我們參考、學習。

我們先看看選文的第 2 段中的這些文字：

「有時候她對我說父親的種種好處，她說：『你總要踏上你老子的腳步，我一生只曉得這一個完全的人，你要學他，不要跌他的股。』（跌股便是丟臉，出醜。）她說到傷心處，往往掉下淚來。」

作者透過人物的語言、行為描寫，表現了他母親對早逝丈夫的思念、她年輕守寡的辛酸，更有盼望兒子成材，以繼承亡父遺志的心理描寫。

閱讀這些文字之時，我們要細味作者將母親說的話、她怎樣說話、表情、動態，都細膩地寫了出來，這種細膩的筆觸，十分耐讀。

在第 3 段中，作者又寫了母親母代父職，有作為父親嚴厲的一面。她從來不在別人面前罵他、打他，懲罰兒子的時候，又不許他哭出聲來，因為「她教訓兒子不是借此出氣叫別人聽的。」

在這段文字中，作者將其母一個眼神、一個動作、責罰他的過程，都鉅細靡遺地寫了出來，令人物的形象活靈活現。

第 4 段是一段感人至深的文字，寫作者因隨口說了一句輕薄的話而被母親重重責罰。他辛勞地母兼父職的母親，因他用自己沒了父親的事來「說嘴」，氣得渾身發抖，可見她因此受了很大的傷害，也因而對兒子失望，內心傷痛。

然而，年少的作者卻因為哭了，用手擦眼睛而令眼睛發炎，心疼兒子的母親，因此既後悔、內疚又焦急，竟因而聽信坊間傳言，不惜用舌頭舔兒子的病眼，其疼愛兒子之情躍然紙上。

母親對子女的愛是偉大的，你的母親有哪些說話、行為可表現她對你的愛呢？例如，在你生病的時候，她是怎樣無微不至地照顧你的呢？

請你將她照顧患病的你時的說話、行為寫出來，從而表現她的內心、她對你的愛。寫完後，可以給同學看看，請他們來評一下你的文字的感染力是否足夠。

抒情文

兒女　朱自清

我現在已是五個兒女的父親了。想起聖陶喜歡用的「蝸牛背了殼」的比喻，便覺得不自在。新近一位親戚嘲笑我說，「要剎層皮呢！」更有些悚然了。十年前剛結婚的時候，在胡適之先生的《藏暉室箚記》裏，見過一條，說世界上有許多偉大的人物是不結婚的；文中並引培根的話，「有妻子者，其命定矣。」當時確吃了一驚，彷彿夢醒一般；但是家裏已是不由分說給娶了媳婦，又有什麼可說？現在是一個媳婦，跟着來了五個孩子；兩個肩頭上，加上這麼重一副擔子，真不知怎樣走纔好。「命定」是不用說了；從孩子們那一面說，他們該怎樣長大，也正是可以憂慮的事。我是個徹頭徹尾自私的人，做丈夫已是勉強，做父親更是不成。自然，「子孫崇拜」，「兒童本位」的哲理或倫理，我也有些知道；既做着父親，閉了眼抹殺孩子們的權利，知道是不行的。可惜這只是理論，實際上我是仍舊按照古老的傳統，在野蠻地對付着，和普通的父親一樣。近來差不多是中年的人了，纔漸漸覺得自己的殘酷；想着孩子們受過的體罰和叱責，始終不能辯解——像撫摩着舊創痕那樣，我的心酸溜溜的。有一回，讀了有島武郎《與幼小者》的譯文，對於那種偉大的，沉摯的態度，我竟流下淚來了。去年父親來信，問起阿九，那時阿九還在白馬湖呢；信上說，「我沒有耽誤你，你也不要耽誤他纔好。」我為這句話哭了一場；我為什麼不像父親的仁慈？我不該忘記，父親怎樣待我們來着！人性許真是二元的，我是這樣地矛盾；我的心像鐘擺似的來去。

段 1

你讀過魯迅先生的《幸福的家庭》麼？我的便是那一類的「幸福的家庭」！每天午飯和晚飯，就如兩次潮水一般。先是孩子們你來他去地在廚房與飯間裏查看，一面催我或妻發「開飯」的命令。急促繁碎的腳步，夾着笑和嚷，一陣陣襲來，直到命令發出為止。他們一遞一個地跑着喊着，將命令傳給廚房裏傭人；便立刻搶着回來搬凳子。於是這個說，「我坐這兒！」那個說，「大哥不讓我！」大哥卻說，「小妹打我！」我給他們調解，說好話。但是他們有時候很固執，我有時候也不耐煩，這便用着叱責了；叱責還不行，不由自主地，我的沉重的手掌便到他們身上了。於是哭的哭，坐的坐，局面纔算定了。接着可又你要大碗，他要小碗，你說紅筷子好，他說黑筷子好；這個要乾飯，那個要稀飯，要茶要湯，要魚要肉，要豆腐，要蘿蔔；你說他菜多，他說你菜好。妻是照例安慰着他們，但這顯然是太迂緩了。我是個暴躁的人，怎麼等得及？不用說，用老法子將他們立刻征服了，雖然有哭的，不久也就抹着淚捧起碗了。吃完了，紛紛爬下凳子，桌上是飯粒呀，湯汁呀，骨頭呀，渣滓呀，加上縱橫的筷子，欹斜的匙子，就如一塊花花綠綠的地圖模型。吃飯而外，他們的大事便是遊戲。遊戲時，大的有大主意，小的有小主意，各自堅持不下，於是爭執起來；或者大的欺負了小的，或者小的竟欺負了大的，被欺負的哭着嚷着，到我或妻的面前訴苦；我大抵仍舊要用老法子來判斷的，但不理的時候也有。最為難的，是爭奪玩具的時候：這一個的與那一個的是同樣的東西，卻偏要那一個的；而那一個便偏不答應。在這種情形之下，不論如何，終於是非哭了不可的。這些事件自然不至於天天全有，但大致總有好些起。我若坐在家裏看書或寫什麼東西，管保一點鐘裏要分幾回心，或站起來一兩次的。若是雨天或禮拜日，孩子們在家的多，那麼，攤開書竟看不下一行，提起筆也寫不出一個字的事，也有過的。我常和妻說，「我們家真是成日的千軍萬馬呀！」有時是不但「成日」，連夜裏也有兵馬在進行着，在有吃乳或生病的孩子的時候！

段 2

我結婚那一年，纔十九歲。二十一歲，有了阿九；二十三歲，又有了阿菜。那時我正像一匹野馬，哪能容忍這些累贅的鞍韉，轡頭，和韁繩？擺脱也知是不行的，但不自覺地時時在擺脱着。現在回想起來，那些日子，真苦了這兩個孩子；真是難以寬宥的種種暴行呢！阿九纔兩歲半的樣子，我們住在杭州的學校裏。不知怎地，這孩子特別愛哭，又特別怕生人。一不見了母親，或來了客，就哇哇地哭起來了。學校裏住着許多人，我不能讓他擾着他們，而客人也總是常有的；我懊惱極了，有一回，特地騙出了妻，關了門，將他按在地下打了一頓。這件事，妻到現在説起來，還覺得有些不忍；她説我的手太辣了，到底還是兩歲半的孩子！我近年常想着那時的光景，也覺黯然。阿菜在台州，那是更小了；纔過了周歲，還不大會走路。也是為了纏着母親的緣故吧，我將她緊緊地按在牆角裏，直哭喊了三四分鐘；因此生了好幾天病。妻説，那時真寒心呢！但我的苦痛也是真的。我曾給聖陶寫信，説孩子們的折磨，實在無法奈何；有時竟覺着還是自殺的好。這雖是氣憤的話，但這樣的心情，確也有過的。後來孩子是多起來了，磨折也磨折得久了，少年的鋒稜漸漸地鈍起來了；加以增長的年歲增長了理性的裁制力，我能夠忍耐了——覺得從前真是一個「不成材的父親」，如我給另一個朋友信裏所説。但我的孩子們在幼小時，確比別人的特別不安靜，我至今還覺如此。我想這大約還是由於我們撫育不得法；從前只一味地責備孩子，讓他段 3　們代我們負起責任，卻未免是可恥的殘酷了！

正面意義的「幸福」，其實也未嘗沒有。正如誰所說，小的總是可愛，孩子們的小模樣，小心眼兒，確有些教人捨不得的。阿毛現在五個月了，你用手指去撥弄她的下巴，或向她做趣臉，她便會張開沒牙的嘴格格地笑，笑得像一朵正開的花。她不願在屋裏待着；待久了，便大聲兒嚷。妻常說，「姑娘又要出去溜躂了。」她說她像鳥兒般，每天總得到外面溜一些時候。潤兒上個月剛過了三歲，笨得很，話還沒有學好呢。他只能說三四個字的短語或句子，文法錯誤，發音模糊，又得費氣力說出；我們老是要笑他的。他說「好」字，總變成「小」字；問他「好不好」？他便說「小」，或「不小」。我們常常逗着他說這個字玩兒；他似乎有些覺得，近來偶然也能說出正確的「好」字了——特別在我們故意說成「小」字的時候。他有一隻搪瓷碗，是一毛來錢買的；買來時，老媽子教給他，「這是一毛錢。」他便記住「一毛」兩個字，管那隻碗叫「一毛」，有時竟省稱為「毛」。這在新來的老媽子，是必需翻譯了纔懂的。他不好意思，或見着生客時，便咧着嘴癡笑；我們常用了土話，叫他做「獃瓜」。他是個小胖子，短短的腿，走起路來，蹣跚可笑；若快走或跑，便更「好看」了。他有時學我，將兩手疊在背後，一搖一擺的；那是他自己和我們都要樂的。他的大姊便是阿菜，已是七歲多了，在小學校裏念着書。在飯桌上，一定得囉囉唆唆地報告些同學或他們父母的事情；氣喘喘地說着，不管你愛聽不愛聽。說完了總問我：「爸爸認識麼？」「爸爸知道麼？」妻常禁止她吃飯時說話，所以她總是問我。她的問題真多；看電影便問電影裏的是不是人？是不是真人？怎麼不說話？看照相也是一樣。不知誰告訴她，兵是要打人的。她回來便問，兵是人麼？為什麼打人？近來大約聽了先生的話，回來又問張作霖的兵是幫誰的？蔣介石的兵是不是幫我們的？諸如此類的問題，每天短不了，常常鬧得我不知怎樣答纔行。她和潤兒在一處玩兒，一大一小，不很合式，老是吵着哭着。但合式的時候也有：譬如這個往牀底下躲，那個便鑽進去追着；這個鑽出來，那個也跟着——從這個牀到那個牀，只聽見笑着，嚷着，喘着，真如妻所說，像小狗似的。現在在京的，便只有這三個孩子；阿九和轉兒是去年北來時，讓母親暫時帶回揚州去了。

段 4

阿九是歡喜書的孩子。他愛看《水滸》，《西遊記》，《三俠五義》，《小朋友》等；沒有事便捧着書坐着或躺着看。只不歡喜《紅樓夢》，說是沒有味兒。是的，《紅樓夢》的味兒，一個十歲的孩子，哪裏能領略呢？去年我們事實上只能帶兩個孩子來；因為他大些，而轉兒是一直跟着祖母的，便在上海將他倆丟下。我清清楚楚記得那分別的一個早上。我領着阿九從二洋涇橋的旅館出來，送他到母親和轉兒住着的親戚家去。妻囑咐說，「買點吃的給他們吧。」我們走過四馬路，到一家茶食舖裏。阿九說要燻魚，我給買了；又買了餅乾，是給轉兒的。便乘電車到海寧路。下車時，看着他的害怕與累贅，很覺惻然。到親戚家，因為就要回旅館收拾上船，只說了一兩句話便出來；轉兒望望我，沒說什麼，阿九是和祖母說什麼去了。我回頭看了他們一眼，硬着頭皮走了。後來妻告訴我，阿九背地裏向她說：「我知道爸爸歡喜小妹，不帶我上北京去。」其實這是冤枉的。他又曾和我們說，「暑假時一定來接我啊！」我們當時答應着；但現在已是第二個暑假了，他們還在迢迢的揚州待着。他們是恨着我們呢？還是惦着我們呢？妻是一年來老放不下這兩個，常常獨自暗中流淚；但我有什麼法子呢！想到「只為家貧成聚散」一句無名的詩，不禁有些淒然。轉兒與我較生疏些。但去年離開白馬湖時，她也曾用了生硬的揚州話，(那時她還沒有到過揚州呢) 和那特別尖的小嗓子向着我：「我要到北京去。」她曉得什麼北京，只跟着大孩子們說吧了；但當時聽着，現在想着的我，卻真是抱歉呢。這兄妹倆離開我，原是常事，離開母親，雖也有過一回，這回可是太長了；小小的心兒，知道是怎樣忍耐那寂寞來着！

段 5

　　我的朋友大概都是愛孩子的。少谷有一回寫信責備我，說兒女的吵鬧，也是很有趣的，何至可厭到如我所說；他說他真不解。子愷為他家華瞻寫的文章，真是「藹然仁者之言」。聖陶也常常為孩子操心：小學畢業了，到什麼中學好呢？——這樣的話，他和我説過兩三回了。我對他們只有慚愧！可是近來我也漸漸覺着自己的責任。我想，第一該將孩子們團聚起來，其次便該給他們些力量。我親眼見過一個愛兒女的人，因為不曾好好地教育他們，便將他們荒廢了。他並不是溺愛，只是沒有耐心去料理他們，他們便不能成材了。我想我若照現在這樣下去，孩子們也便危險了。我得計畫着，讓他們漸漸知道怎樣去做人纔行。但是要不要他們像我自己呢？這一層，我在白馬湖教初中學生時，也曾從師生的立場上問過丏尊，他毫不躊躇地説，「自然囉。」近來與平伯談起教子，他卻答得妙，「總不希望比自己壞囉。」是的，只要不「比自己壞」就行，「像」不「像」倒是不在乎的。職業，人生觀等，還是由他們自己去定的好；自己頂可貴，只要指導，幫助他們去發展自己，便是極賢明的辦法。

段6

予同説，「我們得讓子女在大學畢了業，纔算盡了責任。」SK説，「不然，要看我們的經濟，他們的材質與志願；若是中學畢了業，不能或不願升學，便去做別的事，譬如做工人吧，那也並非不行的。」自然，人的好壞與成敗，也不盡靠學校教育；説是非大學畢業不可，也許只是我們的偏見。在這件事上，我現在毫不能有一定的主意；特別是這個變動不居的時代，知道將來怎樣？好在孩子們還小，將來的事且等將來吧。

目前所能做的，只是培養他們基本的力量——胸襟與眼光；孩子們還是孩子們，自然說不上高的遠的，慢慢從近處小處下手便了。這自然也只能先按照我自己的樣子；「神而明之，存乎其人」，光輝也吧，倒楣也吧，平凡也吧，讓他們各盡各的力去。我只希望如我所想的，從此好好地做一回父親，便自稱心滿意。——想到那「狂人」「救救孩子」的呼聲，我怎敢不悚然自勉呢？

段 7

六月二十四日晚寫畢，北京清華園

梁科慶

父親責打不聽話的子女，多是一時之氣，氣消了，總因動過手而悔疚，或因沒動手而慶幸。相信脾氣最壞的父親，亦不會像朱自清那般對付一個兩歲半的孩子——

「有一回，特地騙出了妻，關了門，將他按在地下打了一頓。」

騙妻關門，顯然是早有預謀，絕非一時之氣；而且，責打幼弱小童，何需把對方按在地下？打一兩巴掌還不夠，竟是一頓！

簡直是家暴、虐兒！

很難想像，這種暴虐行為，出自同一隻執筆寫〈背影〉的手。

〈背影〉與父愛之間的等號，大可列入中國現代文學的文化遺產。沒想過，朱自清親嚐父愛，當自己作父親時，竟對孩子「狠施辣手」，從文意推斷，還不止一次呢！

難怪朱爺爺看不過眼，寫信為孫兒抱不平：「我沒耽誤你，你也不要耽誤他纔好。」朱自清讀了這話，哭了一場，可見他心裏仍滿有溫情。

說到哭，〈兒女〉一文，真箇哭多笑少，例如：哭的哭、被欺負的哭、非哭了不可的、特別愛哭、哇哇地哭、直哭喊了三四分鐘、老是吵着哭着。天呀！簡直家無寧日。

其實，也怪不了朱自清，朱爺爺和朱嫲嫲不由分說的為朱自清娶妻，十九歲結婚，二十一歲當爸爸，自己還是個「大孩子」，何來耐心和愛心去帶孩子？

朱自清的散文，優點在於樸實、溫厚、舒緩，〈兒女〉文中的哭笑、憤怒、悔疚、期盼，徐徐道來，真情流露，毫不造作，沒有隱瞞，教人感動。

寫作指引

〈兒女〉寫出了一個不甚成熟的父親心境，朱自清通過直接抒情和借事抒情，流露了父愛。

在文章第 1 段中大部分都是直接抒情的文字，朱自清直接剖白對於養育兒女的感受——「這麼重一副擔子，真不知怎樣走纔好」，感到做父親辛苦困難，而這份感受之深可細閱以下兩段文字便能知道：

1.「『命定』是不用說了，從孩子們那一面說，他們該怎樣長大，也正是可以憂慮的事。我是個徹頭徹尾自私的人，做丈夫已是勉強，做父親更是不成。」

2.「近來差不多是中年的人了，纔漸漸覺得自己的殘酷；想着孩子們受過的體罰和叱責，始終不能辯解——像撫摩着舊創痕那樣，我的心酸溜溜的。」

到了結尾部分的第6、7段，朱自清也用直接抒情，但這裏的感情再不是辛苦，而是由不成熟到漸漸開始學習思考如何當個好父親，可見作者對兒女的愛：

1.「我對他們只有慚愧！可是近來我也漸漸覺着自己的責任。」

2.「職業，人生觀等，還是由他們自己去定的好；自己頂可貴，只要指導，幫助他們去發展自己，便是極賢明的辦法。」

3.「好在孩子們還小，將來的事且等將來吧。目前所能做的，只是培養他們基本的力量——胸襟與眼光；孩子們還是孩子們，自然說不上高的遠的，慢慢從近處小處下手便了。這自然也只能先按照我自己的樣子：『神而明之，存乎其人』，光輝也吧，倒楣也吧，平凡也吧，讓他們各盡各的力去。我只希望如我所想的，從此好好地做一回父親，便自稱心滿意。——想到那『狂人』、『救救孩子』的呼聲，我怎敢不悚然自勉呢？」

借事抒情方面，朱自清都只用了些生活瑣事，如一家吃飯、孩子生病、責打孩子、兒女的牙牙學語與遊戲、與孩子分開等的日常小事。作者借這些日常小事表現出內心對兒女的兩種想法：一是指第 2、3 段中，記述煩心困苦的生活，藉以表達兒女帶來的苦難之感；一是指第 4、5 段中，記述充滿童趣的生活，抒發兒女令人感到幸福之情。

〈兒女〉是朱自清身為父親表達對兒女的愛，我們又如何表達自己對身邊人的感受呢？試以「九月十日『敬師日』有感」為題作文。題目設定為九月十日「敬師日」，大家可先回想自己經歷過的「敬師日」，然後參照〈兒女〉的寫作法，在開頭段落先寫自己的所感所思。使用直接抒情，吐露對老師的心意。中間的段落必須配合「敬師日」這個主題，記述一些與「敬師日」相關的事件或活動，從中透露對如何敬師的想法。最後在結尾的段落，同樣如〈兒女〉一樣，運用直接抒情，作全文所感所思的總結。

生活的藝術　夏丏尊

新近因了某種因緣，和方外友弘一和尚（在家時姓李，字叔同）聚居了好幾日。和尚未出家時，曾是國家藝術界的先輩，披剃以後，專心念佛，見人也但勸念佛，不消説，藝術上的話是不談起了的。可是我在這幾日的觀察中，卻深深地受到了藝術的刺激。

段 1

他這次從温州來寧波，原預備到了南京再往安徽九華山去的。因為江浙開戰，交通有阻，就在寧波暫止，掛褡於七塔寺。我得知就去望他。雲水堂中住着四五十個遊方僧。鋪有兩層，是統艙式的。他住在下層，見了我笑容招呼，和我在廊下板凳上坐了，説：

段 2

「到寧波三日了。前兩日是住在某某旅館（小旅館）裏
段 3 的。」

段 4 「那家旅館不十分清爽罷。」我說。

「很好！臭蟲也不多，不過兩三隻。主人待我非常客氣
段 5 呢！」

他又和我說了些輪船統艙中茶房怎樣待他和善，在此地掛
段 6 褡怎樣舒服等等的話。

我惘然了。繼而邀他明日同往白馬湖去小住幾日，他初說
段 7 再看機會，及我堅請，他也就忻然答應。

行李很是簡單，鋪蓋竟是用粉破的席子包的。到了白馬湖後，在春社裏替他打掃了房間，他就自己打開鋪蓋，先把那粉破的席子叮嚀珍重地鋪在牀上，攤開了被，再把衣服捲了幾件
段 8 作枕。拿出黑而且破得不堪的毛巾走到湖邊洗面去。

段 9 「這手巾太破了，替你換一條好嗎？」我忍不住了。

「那裏！還好用的，和新的也差不多。」他把那破手巾珍
段 10 重地張開來給我看，表示還不十分破舊。

他是過午不食了的。第二日未到中午，我送了飯和兩碗素菜去（他堅說只要一碗的，我勉強再加了一碗），在旁坐了陪他。碗裏所有的原只是些萊菔、白菜之類，可是在他卻幾乎是要變色而作的盛饌，叮嚀喜悅地把飯划入口裏，鄭重地用筷夾起一塊萊菔來的那種了不得的神情，我見了幾乎要下歡喜慚愧之淚了！ 段 11 ＿＿＿＿＿＿

第二日，有另一位朋友送了四樣菜來齋他，我也同席。其中有一碗鹹得非常的，我說： 段 12 ＿＿＿＿＿＿

「這太鹹了！」 段 13 ＿＿＿＿＿＿

「好的！鹹的也有鹹的滋味，也好的！」 段 14 ＿＿＿＿＿＿

我家和他寄寓的春社相隔有一段路，第三日，他說飯不必送去，可以自己來吃，且笑說乞食是出家人的本等的話。 段 15 ＿＿＿＿＿＿

「那末逢天雨仍替你送去罷！」 段 16 ＿＿＿＿＿＿

「不要緊！天雨，我有木屐哩！」他說出木屐二字時，神情上竟儼然是一種了不得的法寶。我總還有些不安。他又說： 段 17 ＿＿＿＿＿＿

「每日走些路，也是一種很好的運動。」 段 18 ＿＿＿＿＿＿

段 19 我也就無法反對了。

在他，世間竟沒有不好的東西，一切都好，小旅館好，統艙好，掛褡好，粉破的席子好，破舊的手巾好，白菜好，萊菔
段 20 好，鹹苦的蔬菜好，跑路好，什麼都有味，什麼都了不得。

這是何等的風光啊！宗教上的話且不說，瑣屑的日常生活到此境界，不是所謂生活的藝術化了嗎？人家說他在受苦，我卻要說他是享樂。當我見他吃萊菔、白菜時那種愉悅丁寧的光景，我想：萊菔、白菜的全滋味，真滋味，怕要算他才能如實嘗得的了。對於一切事物，不為因襲的成見所縛，都還他一個
段 21 本來面目，如實觀照領略，這才是真解脫，真享樂。

藝術的生活，原是觀照享樂的生活。在這一點上，藝術和宗教實有同一的歸趨。凡為實利或成見所束縛，不能把日常生活咀嚼玩味的，都是與藝術無緣的人們。真的藝術，不限在詩裏，也不限在畫裏，到處都有，隨時可得。能把他捕捉了用文字表現的是詩人，用形及五彩表現的是畫家。不會做詩，不會作畫，也不要緊，只要對於日常生活有觀照玩味的能力，無論誰何，都能有權去享受藝術之神的恩寵。否則雖自號為詩人畫
段 22 家，仍是俗物。

與和尚數日相聚，深深地感到這點。自憐囫圇吞棗地過了

大半生，平日吃飯着衣，何曾嘗到過真的滋味！乘船坐車，看山行路，何曾領略到真的情景！雖然願從今留意，但是去日苦多，又因自幼未曾經過好好的藝術教養，即使自己有這個心，何嘗有十分把握！言之憮然！

段 23

導讀

周淑屏

作者和好友弘一大師相聚了幾天，寫文章記述了這幾天的一些生活片段，藉此抒發他對弘一大師這種生活藝術的欽佩之情。

文中記述了弘一大師在這短短幾天中衣食住行的片段。

在住的方面，他住在簡陋、不潔的船艙、小旅館中也不以為苦，還感謝主人、鄰人待他客氣。

在衣着用度方面，他用的鋪蓋是破的，用的毛巾也是又舊又破，卻對這些破舊的物件十分珍惜，連對自己穿的破木屐也珍而重之。

在吃的方面，他吃素淡的萊菔、白菜也感到愉悅，吃鹹得非常的菜也仔細品嘗，認為鹹的也有鹹的滋味。

在行的方面，他把每天穿破木屐辛勞走遠路視為一種很好的運動。

凡此種種，作者認為是真解脫、真享樂的生活的藝術，因此，他在文中除了對弘一大師的生活藝術寄以欣羨之情以外，還悔恨太遲認識到這種生活的藝術，因而生出感喟。

書 朱湘

拿起一本書來，先不必研究它的內容，只是它的外形，就已經很夠我們的賞鑒了。

段 1

那眼睛看來最舒服的黃色毛邊紙，單是紙色已經在我們的心目中引起一種幻覺，令我們以為這書是一個逃免了時間之摧殘的遺民。他所以能幸免而來與我們相見的這段歷史的本身，就已經是一本書，值得我們的思索、感歎，更不須提起它的內含的真或美了。

段 2

還有那一個個正方的形狀，美麗的單字，每個字的構成，都是一首詩；每個字的沿革，都是一部歷史。飆是三條狗的風：

在秋高草枯的曠野上，天上是一片青，地上是一片赭，中疾的獵犬風一般快的馳過，嗅着受傷之獸在草中滴下的血腥，順了方向追去，聽到枯草颯索的響，有如秋風捲過去一般。昏是婚的古字：在太陽下了山，對面不見人的時候，有一羣人騎着馬，擎着紅光閃閃的火把，悄悄向一個人家走近。等着到了竹籬柴門之旁的時候，在狗吠聲中，趁着門還未閉，一聲喊齊擁而入，讓新郎從打麥場上挾起驚呼的新娘打馬而回。同來的人則抵擋着新娘的父兄，作個不打不成交的親家。

段 3

印書的字體有許多種：宋體挺秀有如柳字，麻沙體夭矯有如歐字，書法體娟秀有如褚字，楷體端方有如顏字。楷體是最常見的了。這裏面又分出許多不同的種類來：一種是通行的正方體；還有一種是窄長的楷體，棱角最顯；一種是扁短的楷體，渾厚頗有古風。還有寫的書：或全體楷體，或半楷體，它們不單看來有一種密切的感覺，並且有時有古代的寫本，很足以考證今本的印誤，以及文字的假借。

段 4

如果在你面前的是一本舊書，則開章第一篇你便將看見許多硃色的印章，有的是雅號，有的是姓名。在這些姓名別號之中，你說不定可以發見古代的收藏家或是名傾一世的文人，那時候你便可以讓幻想馳騁於這硃紅的方場之中，構成許多縹緲的空中樓閣來。還有那些硃圈，有的圈得豪放，有的圈得森嚴，你可以就它們的姿態，以及它們的位置，懸想出讀這本書的人是一個少年，還是老人；是一個放蕩不羈的才子，還是老成持重的儒者。你也能借此揣摩出這主人翁的命運：他的書何以流散到了人間？是子孫不肖，將他捨棄了？是遭兵逃反，被一班庸奴偷竊出了他的藏書樓？還是運氣不好，家道中衰，自己將它售賣了，來填償債務，或是支持家庭？書的舊主人是這樣。我呢？我這書的今主人呢？他當時對着雕花的端硯，拿起新發的硃筆，在清淡的爐香氣息中，圈點這本他心愛的書，那時候，他是決想不到這本書的未來命運。他自己的未來命運，是個怎樣結局的；正如這現在讀着這本書的我，不能知道我未來的命運將要如何一般。

段5

更進一層，讓我們來想像那作書人的命運：他的悲哀，他的失望，無一不自然的流露在這本書的字裏行間。讓我們讀的時候，時而跟着他啼，時而為他扼腕太息。要是，不幸上再加上不幸，遇到秦始皇或是董卓，將他一生心血嘔成的文章，一把火燒為烏有；或是像《金瓶梅》、《紅樓夢》、《水滸》一般命運，被淺見者標作禁書，那更是多麼可惜的事情呵！

段6

天下事真是不如意的多，不講別的，只說書這件東西，它是再與世無爭也沒有的了，也都要受這種厄運的摧殘。至於那琉璃一般脆弱的美人，白鶴一般兀傲的文士，他們的遭忌更是不言可喻了。試想含意未伸的文人，他們在不得意時，有的樵採，有的放牛，不僅無異於庸人，並且備受家人或主子的輕蔑與凌辱；然而他們天生得性格倔強，世俗越對他白眼，他卻越有精神。他們有的把柴挑在背後，拿書在手裏讀；有的騎在牛背上，將書掛在牛角上讀；有的在蚊聲如雷的夏夜，囊了螢照着書讀；有的在寒風凍指的冬夜，拿了書映着雪讀。然而時光是不等人的，等到他們學問已成的時候，眼光是早已花了，頭髮是早已白了，只是在他們的頭額上新添加了一些深而長的皺紋。

段 7

　　咳！不如趁着眼睛還清朗，鬢髮尚未成霜，多讀一讀「人生」這本書罷！

段 8

阿谷

讀着朱湘的〈書〉，心中的苦澀有如咬破口中的苦膽。

書如文人，文人如書。在中國，不比西方的禮遇文人，尊重書。在中國，不管做文人，或做書，某場可怕的浩劫隨時在轉角處等候着你。或許你幸運躲過了，但一生都在危險的邊緣瑟縮着。朱湘的這一本，在真實世界只存活了二十九年，他等不及知道這書的最後命運，他不忍親睹這書的悲慘結局。從輪船縱身一躍，跳入茫茫大海，把書一下子翻到最後一頁……

朱湘沒有將自己與書比擬，然而，在他筆下，書的沉重的歎息，是要未經世故早已飽歷滄桑如朱湘者才會深深體會得到。把自己比做一本書，是責無旁貸又理所當然。

書是劫。即使令人感覺「最舒服的黃色毛邊紙」，亦被作者幻覺為「逃免了時間之摧殘的遺民」。作者奇怪它如何逃過劫數，如今來到自己的手上！

書寫的字，是驚心動魄，如泣如訴，把人無情地捲入歷史的漩渦之中。作者選了兩個字來說明：「飆」和「昏」。因應這兩個字寫了兩段小故事。這兩個字又捲動了其他好幾個字：「枯」、「疾」、「傷」、「腥」、「捲」、「紅光」、「狗吠」、「挾起」、「抵擋」……於是，書寫的故事完全無法靜止下來，是字帶着你走，這樣的不得已。

書是緣。多少人因這本書而聚？多少人因這本書而散？打開時是聚，闔上時是散。再多的印章，再多的圈點，都有緣盡的一天。而「我呢？」「他自己的未來命運，是個怎樣結局的；正如這現在讀着這本書的我，不能知道我未來的命運將要如何一般。」

最後，作者無法不哀歎作書的悲苦。字裏行間透露的「太息」，遇上暴君焚書的心血化為烏有，以及被封建淺見列作禁書的「可惜」。如果你以為，單把讀書作為嗜好可以逃過書的宿命，便大錯特錯了。因為「時光是不等人的，等到他們學問已成的時候，眼光是早已花了，頭髮是早已白了，……」

朱湘罪過了，把書說到這個地步。抄錄朱湘的詩〈廢園〉，代他來賠罪。

有風時白楊蕭蕭着，
無風時白楊蕭蕭着；
蕭蕭外更不聽到什麼：
野花悄悄的發了，
野花悄悄的謝了；
悄悄外園裏更沒什麼。

寫作指引

〈書〉一文完全表達了朱湘對書的熱愛與熟悉，而作為借物抒情的文章，〈書〉的選材相當廣泛，這是因為朱湘運用了多角度描寫，凸顯了書的形象。

朱湘通過多角度描寫從不同方面入手介紹書，內容涵蓋書本的多個話題，由外形、文字、硃圈到讀者、作者，朱湘都述說得細緻透徹，若果不是對書有深刻的感情、深入的了解，根本不可能做到。因為，在運用借物抒情時，必須對所寫事物多加了解。不過，這麼多有關書的話題與材料，究竟朱湘是如何將之放在同一篇文章中的？

原來運用多角度描寫的同時，朱湘還用了層遞法，由淺入深，由外在具體的外形，到內裏抽象的讀書人和作書人的命運，一層比一層複雜深入地描述。第 1、2 段單看外在，講述書的外形特點是「黃色毛邊紙」，從而猜想書的經歷故事。第 3 段翻開了書本，講述一個個單字的故事；第 4 段則不是單字，而是字體的介紹。這裏的 1 至 4 段都是書本簡單具體的一面，只要翻開一本書，就能看得到的東西。

第 5 段的開頭仍然是從書上可見到的東西 —— 印章和硃圈，但已漸漸從硃圈的故事，帶出讀書人的命途。第 6、7 段作者也說「更進一層」，講述作書人的命運。話題彷彿愈來愈難懂，但文章條理依然清晰分明，這有賴層遞法的效果。

運用了多角度描寫和層遞法後，書這個「借物」部分已很明顯突出了。至於抒情，朱湘早已在熱衷於講述書籍話題期間，就用了富情感的詞語，如「很夠我們賞鑒」、「美麗的單字」、「多麼可惜的事情」等，以表達他對書的喜愛之情。最後一段，作者直接抒發個人見解——「多讀一讀『人生』這本書罷！」

朱湘認為人生如一本書那樣，借書的故事與命運，帶出人生也有諸多不如意和曲折的經歷。大家對身邊的事物又有什麼感覺呢？大家可以選擇以一件喜愛的事物作為作文題目，抒發自己對該事物的感悟，做法可以有以下三點：

1. 運用多角度描寫該事物的特點，廣泛描寫事物的各方面，包括外觀、形態、功用、歷史等，凸顯事物的形象。

2. 運用層遞手法來組織文章，由事物的外形出發，到事物的內在功用，由淺入深地寫作，文章後半部分才講述事物背後的故事。

3. 在最後一段直接抒發個人對該事物的見解。

落花生　許地山

我們屋後有半畝隙地。母親說：「讓它荒蕪着怪可惜，既然你們那麼愛吃花生，就闢來做花生園罷。」我們姐弟幾個都很喜歡，——買種的買種，動土的動土，灌園的灌園；過不了幾個月，居然收穫了！

段 1

媽媽說：「今晚我們可以做一個收穫節，也請你們爹爹來嘗嘗我們的新花生，如何？」我們都答應了。母親把花生做好成好幾樣食品，還吩附這集會要在園裏的茅亭舉行。

段 2

那晚上的天色不大好，可是爹爹也到了，實在很難得！爹爹說：「你們愛吃花生麼？」

段 3

我們都爭着答應：「愛！」

段 4

段 5

「誰能把花生的好處說出來？」

段 6

姐姐說：「花生的氣味很美。」

段 7

哥哥說：「花生可以製油。」

段 8

我說：「無論何等人都可以用賤價買它來吃；都喜歡吃它。這就是它的好處。」

段 9

爹爹說：「花生的用處固然很多，但有一樣是很可貴的。這小小的豆不像那好看的蘋果、桃子、石榴，把它們的果實懸在枝上，鮮紅嫩綠的顏色，令人一望而發生羨慕的心。它只把果子埋在地下，等到成熟，才容人把它挖出來。你們偶然看見一棵花生瑟縮的長在地上，不能立刻辨出它有沒有果實，必得等到你接觸它才能知道。」

段 10

我們說：「是的。」母親也點點頭。爹爹接下去說：「所以你們要像花生，因為它是有用的，不是偉大、好看的東西。」我說：「那麼，人要做有用的人，不要做偉大、體面的人了。」爹爹說：「這是我對於你們的希望。」

段 11

我們談到夜闌才散，所有花生食品雖然沒有了，然而父親的話現在還印在我心版上。

阿谷

許地生先生的〈落花生〉是一篇傳誦佳作，已經有不少人討論過，從不同的角度，甚至從生死的哲學的角度。要再講實在想不到什麼新意，或許有點離題，不如從親子教育的方向着墨吧！

這是一個多麼令人嚮往的家！一家人有自己的屋子，屋子後面有半畝田。因為子女都喜歡吃花生，作母親的，便領着兒女們親手栽種花生。等到收穫節來臨，他們在屋外開了一個小型花生派對。雖然天公不造美，但親情洋溢，大家一同享受自己勞力的成果，和金錢買不到的家庭樂。而且，公務纏身的爹爹竟然趕得及出席，「實在很難得」，這個晚上的慶典，給作者留下的深刻印象，致使作者總結時説：「我們談到夜闌才散，所有花生食品雖然沒有了，然而父親的話現在還印在我心版上。」你喜歡這種家庭樂麼，在現代社會，要貫徹這種家的精神，要有什麼條件？你要付出什麼？

這是多麼令人欽佩的父母。母親帶領着孩子順應着大自然時序生活，也是環保大使。她説那半畝地「讓它荒蕪着怪可惜……就闢來做花生園罷。」過了幾個月，有了收穫，她很有創意地建議做一個收穫節，而且吩咐這節期要在「園裏的茅亭舉行」——大地厚賜萬物，一定要和大地見證、分享這份喜樂。許地山的爸爸許南英，是當時國家的重要官員，身居要職，孩子不多見爸爸，但爸爸的身教卻細微地，點點滴滴地，如甘露般潤澤着孩子們成長，他並沒有告訴孩子力爭上游的重要、權位金錢的影響力，他說「一棵花生瑟縮的長在地上，不能立刻辨出它有沒有果實，必得等到你接觸它才能知道。……所以你們要像花生，因為它是有用的，不是偉大、好看的東西。」爸爸並沒有說孩子要出人頭地，也不會說：只要你找到自己的興趣，他強調孩子要做有用的人。你認為「做一個有用的人」，在現代競爭劇烈的社會，是不是「落伍」甚而是毫無意義？

這是令人懷念的新中國的家庭教育。母親負責家庭實務的教育，並且透過實踐讓孩子獲得有用的知識。作者母親要開墾荒地耕種，學習過程不簡單啊：買種、動土、灌溉，而不是買遊戲機、上茶樓、參加補習班。父親肩負的是品格教育，而他的品格教育得到妻子的附和。二人不會因教育子女的步伐、方法、內容的不同而吵得面紅耳熱。而因為父母教育上的分工合作和配搭和諧，子女也表現尊重父母，個性活潑、有禮。作者當時還是小孩，但字裏行間，連讀者也感受着那份從父母而來的尊重與民主！或者，現代的少年人覺得這是很不可思議的父母子女溝通模式，很「老套」，但問心一句，你真的不喜歡？

寫作指引

〈落花生〉的主角當然就是花生，在這麼一篇短短的文章中，許地山以花生為貫穿全文的線索，恰到好處地展示了借物抒情的技巧。

許地山寫了關於花生的好幾個方面，第 1 段寫種植花生；第 2 段寫一家人品嚐花生；第 3 至 10 段則記述一家人談論花生的好處。通過講述種花生、吃花生和論花生的經過，帶出對花生的讚頌。

借物抒情還需要對所講述的事物具有深入的認識，在談論花生時，許地山一家指出了花生的各樣特點：味美、可以榨油、價錢便宜，以及父親指出的雖然不好看但平實。藉着花生的各項特點，加上父親的話，許地山借此來抒發處世感言：人要做有用的人，不要做只講體面，而對別人沒有好處的人，這道理令許地山感受至深。

落花生這樣不起眼的食物竟然能令許地山引發出如此深刻的感受，那麼大家對「檸檬茶」這種飲品又有何想法呢？大家不妨學習許地山那樣，運用借物抒情的方法來試作此題。先來說說檸檬茶的不同方面的特點，諸如來源是自己沖，還是包裝好的，味道怎樣、何時拿來喝等事。另外，記述一件與檸檬茶相關的事件，最後當然要通過這檸檬茶來寄託自己的思想感情。

父親的玳瑁　魯彥

在牆腳跟刷然溜過的那黑貓的影，又觸動了我對於父親的玳瑁的懷念。

段 1

淨潔的白毛的中間，夾雜些淡黃的雲霞似的柔毛，恰如透明的婦人的玳瑁首飾的那種貓兒，是被稱為「玳瑁貓」的。我們家裏的貓兒正是那一類，父親就給了牠「玳瑁」這個名字。

段 2

在近來的這一匹玳瑁之前，我們還曾有過另外的一匹。牠有着同樣的顏色，得到了同樣的名字，同是從我姊姊家裏帶來，一樣地為我們所愛。

段 3

但那是我不幸的妹妹的玳瑁，牠曾經和她盤桓了十二年的歲月。

段 4

而現在的這一匹，是屬於父親的。

段 5

牠什麼時候來到我們家裏，我不很清楚，據說大約已有三年光景了。父親給我的信，從來不曾提過牠。在他的理智中，彷彿以為玳瑁畢竟是一匹小小的獸，比不上任何的家事，足以通知我似的。

段 6

但當我去年回到家裏的時候，我看到了父親和玳瑁的感情了。

段 7

每當廚房的碗筷一搬動，父親在後房餐桌邊坐下的時候，玳瑁便在門外「咪咪」的叫了起來。這叫聲是只有兩三聲，從不多叫的。牠彷彿在問父親，可不可以進來似的。

段 8

於是父親就說了，完全像對什麼人說話一樣：

段 9

「玳瑁，這裏來！」

段 10

我初到的幾天，家裏突然增多了四個人，在玳瑁似乎感覺到熱鬧與生疏的恐懼，常不肯即刻進來。

段 11

段 12　「來吧，玳瑁！」父親望着門外，不見牠進來，又說了。

段 13　但是玳瑁只回答了兩聲「咪咪」，仍在門外徘徊着。

「小孩一樣，看見生疏的人，就怕進來了。」父親笑着對
段 14　我們說。

但是過了一會，玳瑁在大家的不注意中，已經躍上了父親
段 15　的膝上。

段 16　「哪，在這裏了。」父親說。

我們彎過頭去看，牠伏在父親的膝上，睜着略帶懼怯的眼
段 17　望着我們，彷彿預備逃遁似的。

父親立刻理會牠的感覺，用手撫摩着牠的頸背，說：「睏
吧，玳瑁。」一面他又轉過來對我們說：「不要多看牠，牠像
段 18　姑娘一樣的呢。」

我們吃着飯，玳瑁從不跳到桌上來，只是靜靜地伏在父
親的膝上。有時魚腥的氣息引誘了牠，牠便偶爾伸出半個頭來
望了一望，又立刻縮了回去。牠的腳不肯觸着桌。這是牠的規
段 19　矩，父親告訴我們說，向來是這樣的。

父親吃完飯，站起來的時候，玳瑁便先走出門外去。牠知道父親要到廚房裏去給牠預備飯了。那是真的。父親從來不曾忘記過，他自己一吃完飯，便去添飯給玳瑁的。玳瑁的飯每次都有魚或魚湯拌着。父親自己這幾年來對於魚的滋味據説有點厭，但即使自己不吃，他總是每次上街去，給玳瑁帶了一些魚來，而且給牠儲存着的。 段 20

白天，玳瑁常在儲藏東西的樓上，不常到樓下的房子裏來。但每當父親有什麼事情將要出去的時候，玳瑁像是在樓上看着的樣子，便溜到父親的身邊，繞着父親的腳轉了幾下，一直跟父親到門邊。父親回來的時候，牠又像是在什麼地方遠遠望着，靜靜地傾聽着的樣子，待父親一跨進門限，牠又在父親的腳邊了。牠並不時時刻刻跟着父親，但父親的一舉一動，父親的進出，牠似乎時刻在那裏留心着。 段 21

晚上，玳瑁睡在父親的腳後的被上，陪伴着父親。 段 22

我們回家後，父親換了一個寢室，他現在睡到弄堂門外一間從來沒有人去的房子裏了。 段 23

玳瑁有兩夜沒有找到父親，只在原地方走着，叫着。牠第一夜跳到父親的牀上，發現睡着的是我們，便立刻跳了出去。 段 24

正是很冷的天氣。父親惦念着玳瑁夜裏受冷，説牠恐怕不會想到他會搬到那樣冷落的地方去的，而且晚上弄堂門又關得很早。

段 25

但是第三天的夜裏，父親一覺醒來，玳瑁已在牀上睡着了，靜靜的，「咕咕」念着貓經。

段 26

半個月後，玳瑁對我也漸漸熟了。牠不復躲避我。當牠在父親身邊的時候，我伸出手去，輕輕撫摩着牠的頸背，牠伏着不動。然而牠從不自己走近我。我叫牠，牠仍不來。就是母親，她是永久和父親在一起的，牠也不肯走近她。父親呢，只要叫一聲「玳瑁」，甚至咳嗽一聲，牠便不曉得從什麼地方溜出來了，而且繞着父親的腳。

段 27

有兩次玳瑁到鄰居去遊走，忘記了吃飯。我們大家叫着「玳瑁玳瑁」，東西尋找着，不見牠回來。父親卻猜到牠哪裏去了。他拿着玳瑁的飯碗走出門外，用筷子敲着，只喊了兩聲「玳瑁」，玳瑁便從很遠的鄰屋上走來了。

段 28

「你的聲音像格外不同似的，」母親對父親説，「只消叫兩聲，又不大，牠便老遠的聽見了。」

段 29

「是哪，牠只聽我管的哩。」

段 30

對於寂寞地度着殘年的老人，玳瑁所給與的是兒子和孫子的安慰，我覺得。

段 31

六月四日的早晨，我帶着戰慄的心重到家裏，父親只躺在牀上遠遠地望了我一下，便疲倦地合上了眼皮。我悲苦地牽着他的手在我的面上撫摩。他的手已經有點生硬，不復像往日柔和地撫摩玳瑁的頸背那麼自然。據説在頭一天的下午，玳瑁曾經跳上他的身邊，悲鳴着，父親還很自然地撫摩着牠，親密地叫着「玳瑁」，而我呢，已經遲了。

段 32

從這一天起，玳瑁便不再走進父親的以及和父親相連的我們的房子，我們有好幾天沒有看見玳瑁的影子。我代替了父親的工作，給玳瑁在廚房裏備好魚拌的飯，敲着碗，叫着「玳瑁」。玳瑁沒有回答，也不出來。母親説，這幾天家裏人多，鬧得很，牠該是躲在樓上怕出來的。於是我把飯碗一直送到樓上，然而玳瑁仍沒有影子。過了一天，碗裏的飯照樣地擺在樓上，只飯粒乾癟了一些。

段 33

玳瑁正懷着孕，需要好的滋養。一想到這，大家更其焦慮了。

段 34

第五天早晨，母親才發現給玳瑁在廚房預備着的另一隻飯碗裏的飯略略少了一些。大約牠在沒有人的夜裏走進了廚房，段 35 牠應該是非常饑餓了，然而仍像吃不下的樣子。

一星期後，家裏的戚友漸漸少了，玳瑁仍不大肯露面。無
論誰叫牠，都不答應，偶然在樓梯上溜過的後影，顯得憔悴而
段 36 且瘦削，連那懷着孕的肚子也好像小了一些似的。

一天一天家裏愈加冷靜了，滿屋裏主宰着靜默的悲哀。一
到晚上，人還沒有睡，老鼠便吱吱叫着活動起來，甚至我們房
間的樓上也在叫着跑着。玳瑁是最會捕鼠的，當去年我們回家
的時候，即使牠跟着父親睡在遠一點的地方，我們的房間裏從
沒有聽見過老鼠的聲音，但現在玳瑁就睡在隔壁的樓上，也不
段 37 過問了。我們毫不埋怨牠，我們知道牠所以這樣的原因。

可憐的玳瑁，牠不能再聽到那熟識的親密的聲音，不能再
段 38 得到那慈愛的撫摩，牠是在怎樣地悲傷呵！

三星期後，我們全家要離開故鄉，大家預先就在商量，怎
樣把玳瑁帶出來。但是離開預定的日子前一星期，玳瑁生了小
段 39 孩了，我們看見牠的肚子鬆癟着。

段 40 怎樣可以把牠帶出來呢？

然而為了玳瑁，我們還是不能不帶牠出來。我們家裏的門

將要全鎖上，鄰居們不會像我們似的愛牠，而且大家全吃着素菜，不會捨得買魚飼牠。單看玳瑁的脾氣，連對於母親也是冷淡淡的，決不會喜歡別的鄰居。 段 41

我們還是決定帶牠一道來上海。 段 42

牠生了幾個小孩，什麼樣子，放在哪裏，我們雖然極想知道，卻不敢去驚動玳瑁。我們預定在飼玳瑁的時候，先捉到牠，然後再尋覓牠的小孩。因為這幾天來，玳瑁在吃飯的時候，已經不大避人，捉到牠應該是容易的。 段 43

但是兩天後，我們十幾歲的外甥遏抑不住他的熱情了。不知怎樣，玳瑁的孩子們所在的地方先被他很容易的發見了。牠們原來就在樓梯門口，一隻半掩着的糠箱裏。玳瑁和牠的小孩們就住在這裏，是誰也想不到的。外甥很喜歡，叫大家去看，玳瑁已經溜得遠遠的在懼怯地望着。 段 44

我們想，既然玳瑁已經知道我們發覺了牠的小孩的住所，不如便先把牠的小孩看守起來，因為這樣，也可以引誘玳瑁的來到，否則牠會把小孩銜到更沒有人曉得的地方去的。 段 45

於是我們便做了一個更安適的窠給牠的小孩們，攜進了以前父親的寢室，而且就在父親的牀邊。 段 46

那裏是四個小孩，白的，黑的，黃的，玳瑁的，都還沒有
睜開眼睛。貼着壓着，鑽做一團，肥圓的。捉到牠們的時候，
段 47 偶然發出微弱的老鼠似的吱吱的鳴聲。

段 48 「生了幾隻呀？」母親問着。

段 49 「四隻。」

「嗨，四隻！怪不得！扛了你父親的棺材，不要再扛我的
段 50 呢！」母親歎息着，不快活地說。

段 51 大家聽着這話，愣住了。

「把牠們丟出去！」外甥叫着說，但他同時卻又喜悅地撫
段 52 摩着玳瑁的小孩們，捨不得走開。

段 53 玳瑁現在在樓上尋覓了，牠大聲的叫着。

「玳瑁，這裏來，在這裏，」我們學着父親彷彿對人說話
段 54 似的叫着玳瑁說。

但是玳瑁像只懂得父親的話，不能了解我們說什麼。牠在樓上尋覓着，在弄堂裏尋覓着，在廚房裏尋覓着，可不走進以前父親天天夜裏帶着牠睡覺的房子。我們有時故意作弄牠的小

孩們，使牠們發出微弱的嗚聲。玳瑁仍像沒有聽見似的。 段 55

過了一會，玳瑁給我們女工捉住了。牠似乎餓了，走到廚房去吃飯，卻不防給她一手捉住了頸背的皮。 段 56

「快來！快來！捉住了！」她大聲叫着。 段 57

我扯了早已預備好的繩圈，跑出去。 段 58

玳瑁大聲的叫着，用力的掙扎着。待至我伸出手去，還沒抱住玳瑁，女工的手一鬆，玳瑁溜走了。 段 59

牠再不到廚房裏去，只在樓上叫着，尋覓着。 段 60

幾點鐘後，我們只得把玳瑁的小孩們送回樓上，牠們顯然也和玳瑁似的在忍受着饑餓和痛苦。 段 61

玳瑁又靜默了，不到十分鐘，我們已看不見牠的小孩們的影子。現在可不必再費氣力，誰也不會知道牠們的所在。 段 62

有一天一夜，玳瑁沒有動過廚房裏的飯。以後幾天，牠也只在夜裏，待大家睡了以後到廚房裏去。 段 63

我們還想設法帶玳瑁出來，但是母親說： 段 64

「隨牠去吧，這樣有靈性的貓，哪裏會不曉得我們要離開
這裏，要出去自然不會躲開的。你們看牠，父親過世以後，再
也不忍走進那兩間房裏，並且幾天沒有吃飯，明明在非常地傷
心。現在怕是還想在這裏陪伴你們父親的靈魂呢。牠原是你父
段 65 親的。」

我們只好隨玳瑁自己了，牠顯然比我們還捨不得父親，捨
不得父親所住過的房子，走過的路以及手所撫摸過的一切。父
親的聲音，父親的形象，父親的氣息，應該都還很深刻地縈繞
段 66 在牠的腦中。

段 67 可憐的玳瑁，牠比我們還愛父親！

然而玳瑁也太淒慘了，以後還有誰再像父親似的按時給牠
好的食物，而且慈愛地撫摩着牠，像對人説話似的一聲聲地叫
段 68 牠呢？

離家的那天早晨，母親曾給牠留下了許多給孩子吃的稀飯
在廚房裏。門雖然鎖着，玳瑁應該仍然曉得走進去。鄰居們也
段 69 曾答應代我們給牠飼料，然而又怎能和父親在的時候相比呢？

現在距我們離家的時候又已一月多了，玳瑁應該很健康
段 70 着，牠的小孩們也該是很活潑可愛了吧？

段 71 我希望能再見到和父親的靈魂永久同在着的玳瑁。

周淑屏

本篇是一篇借物抒情的文章，作者寫父親養的貓兒玳瑁與主人的感情，亦藉以抒發對父親的懷念。

從文章中，我們可看到玳瑁對作者父親的感情是和牠對別人很不一樣的，牠和主人之間有着非常特別的感情。

「白天，玳瑁常在儲藏東西的樓上，不常到樓下的房子裏來。但每當父親有什麼事情將要出去的時候，玳瑁像是在樓上看着的樣子，便溜到父親的身邊，繞着父親的腳轉了幾下，一直跟父親到門邊。父親回來的時候，牠又像是在什麼地方遠遠望着，靜靜地傾聽着的樣子，待父親一跨進門限，牠又在父親的腳邊了。牠並不時時刻刻跟着父親，但父親的一舉一動，父親的進出，牠似乎時刻在那裏留心着。」

「有兩次玳瑁到鄰居去遊走，忘記了吃飯。我們大家叫着『玳瑁玳瑁』，東西尋找着，不見牠回來。父親卻猜到牠那裏去了。他拿着玳瑁的飯碗走出門外，用筷子敲着，只喊了兩聲『玳瑁』，玳瑁便從很遠的鄰屋上走來了。

『你的聲音像格外不同似的，』母親對父親說，『只消叫兩聲，又不大，牠便老遠的聽見了。』

『是哪，牠只聽我管的哩。』

對於寂寞地度着殘年的老人，玳瑁所給與的是兒子和孫子的安慰，我覺得。」

玳瑁時刻關心作者父親的一舉一動，且給予了他「兒子和孫子的安慰」。

在作者的父親逝世後，貓兒玳瑁再不能聽到那親密的聲音，不能再得到那慈愛的撫摩了，作者這樣寫牠的哀傷：

「一天一天家裏愈加冷靜了，滿屋裏主宰着靜默的悲哀。一到晚上，人還沒有睡，老鼠便吱吱叫着活動起來，甚至我們房間的樓上也在叫着跑着。玳瑁是最會捕鼠的，當去年我們回家的時候，即使牠跟着父親睡在遠一點的地方，我們的房間裏從沒有聽見過老鼠的聲音，但現在玳瑁就睡在隔壁的樓上，也不過問了。我們毫不埋怨牠，我們知道牠所以這樣的原因。

可憐的玳瑁，牠不能再聽到那熟識的親密的聲音，不能再得到那慈愛的撫摩，牠是在怎樣地悲傷呵！」

「有一天一夜，玳瑁沒有動過廚房裏的飯。以後幾天，牠也只在夜裏，待大家睡了以後到廚房裏去。

我們還想設法帶玳瑁出來，但是母親說：

『隨牠去吧，這樣有靈性的貓，那裏會不曉得我們要離開這裏，要出去自然不會躲開的。你們看牠，父親過世以後，再也不忍走進那兩間房裏，並且幾天沒有吃飯，明明在非常地傷心。現在怕是還想在這裏陪伴你們父親的靈魂呢。牠原是你父親的。』

我們只好隨玳瑁自己了，牠顯然比我們還捨不得父親，捨不得父親所住過的房子，走過的路以及手所撫摸過的一切。父親的聲音，父親的形象，父親的氣息，應該都還很深刻地縈繞在牠的腦中。

可憐的玳瑁，牠比我們還愛父親！」

作者甚至認為，這隻貓玳瑁比家人更愛父親。在文中，作者細膩地描寫貓兒與主人的行為，以帶出他們之間的情感，讀者可仔細欣賞，玩味。

母親的時鐘　魯彥

二十幾年前，父親從外面帶了一架時鐘給母親：一尺多高，上圓下方，黑紫色的木框，厚玻璃面，白底黑字的計時盤，盤的中央和邊緣鑲着金漆的圓圈，底下垂着金漆的鐘擺，釘着金漆的鈴子，鈴子後面的木框上貼着彩色的圖畫——是一架堂皇而且美麗的時鐘。那時這樣的時鐘在鄉裏很不容易見到；不但我和姊姊非常覺得稀奇，就連母親也特別喜歡它。

段 1

她最先把那時鐘擺在牀頭的小櫥上，只允許我們遠望，不許我們走近去玩弄。我們愛看那鐘擺的晃搖和長針的移動，常常望着望着忘記了讀書和繡花。於是母親搬了一個座位，用她的身子擋住了我們的視線，說：

段 2

「這是聽的，不是看的呀！等一會又要敲了，你們知道呆看了多少時候嗎？」 段 3

我們喜歡聽時鐘的敲聲，常常問母親： 段 4

「還不敲嗎，媽？你叫它早點敲吧！」 段 5

但是母親望了一望我們的書本和花綳，冷淡地回答說： 段 6

「到了時候，它自己會敲的。」 段 7

鐘擺不但自己會動，還會得得地響下去，我們常常低低地念着它的次數；但母親一看見我們嘴唇的翕動，就生起氣來。 段 8

「你們發瘋了！它一天到晚響着，你們一天到晚不做事情嗎？我把它停了，或是把它送給人家去，免得害你們吧！……」 段 9

但她雖然這樣說，卻並沒把它停下，也沒把它送給人家。她自己也常常去看那鐘點，天天把它揩得乾乾淨淨。 段 10

「走路輕一點！不准跳！」她幾次對我們說，「震動得厲害，它會停止的。」 段 11

真的，母親自從有了這架時鐘以後，她自己的舉動更加輕
段 12 聲了。她到小櫥上去拿別的東西的時候，幾乎忍住了呼吸。

這架時鐘開足後可以走上一個星期。不知母親是怎樣記得的。每次總在第七天的早晨不待它停止，就去開足了發條。和時鐘一道，父親帶回家來的，還有一個小小的日晷。一遇到天氣好太陽大，母親就在將到正午的時候，把它放在後院子的水缸蓋上。她不會看別的時候，只知道等待那紅線的影子直了，就把時鐘糾正為十二點。隨後她收了那日晷，把它放在時鐘的玻璃門內。我們也喜歡那日晷，因為它裏面有一顆指南針，跳
段 13 動得怪好看，但母親連這個也不許我們玩弄。

「不是玩的！」她說，「太陽立刻就下山了，還不趕快做你
段 14 們的事嗎？……」

這在我們簡直是件苦惱的事情，自從有了時鐘以後，母親對我們的監督愈加嚴了。她什麼事情都要按着時候，甚至是早
段 15 起，晚睡和三餐的時間。

冬天的日子特別短，天亮得遲黑得早。母親雖然把我們睡眠的時間略略改動了些，但她自己總是照着平時的時間。大冷天，天還未亮，她就起來了。她把早飯煮好，房子收拾乾淨，拿着火爐來給我們烘衣服，催我們起牀的時候，天才發亮，而

我們也正睡得舒服，怕從被窩裏鑽出來。 段 16

「立刻要開飯了，不起來沒有飯吃！」 段 17

她說完話就去預備碗筷，等我們穿好衣服，臉未洗完，她已經把飯菜擺在桌上。倘若我們不起來，她是決不等待我們的，從此要一直餓到中午，而且她半天也不理睬我們。 段 18

每次每次當她對我們說幾點鐘的時候，我們幾乎都起了恐懼，因為她把我們的一切都用時間來限制，不准我們拖延。我們本來喜歡那架時鐘的，以後卻漸漸對它憎惡起來了。 段 19

「停了也好，壞了也好！」我們常常私自說。 段 20

但是它從來不停，也從來不壞。而且過了兩三年，我們家裏又加了一架時鐘了。 段 21

那是我們陰配的嫂嫂的嫁妝。它比母親的一架更時新，更美觀，聲音也更好聽。它不用鈴子，用的鋼條圈，敲起來聲音洪亮而且餘音不絕。 段 22

我們喜歡這一架，因為它還有兩個特點：比母親的一架走得慢，常常走不到一星期就停了下來。 段 23

但母親卻喜歡舊的一架。她把新的放在門邊的琴桌上，把揩抹和開發條的事情派給了姊姊。她屢次看時刻都走到自己的
段 24 牀邊望那架舊的。

「你喜歡這一架，」母親對姊姊說，「將來就給你做嫁妝
段 25 吧。當然，這一架樣子新，也值錢些。」

我想姊姊當時聽了這話應該是高興的。但我心裏卻很不快
段 26 活。我不希望母親永久有一架那樣準確而耐用的時鐘。

那時鐘，到得後來幾乎代替了母親的命令了。母親不說話，它也就下起命令來。我們正睡得熟，它叮叮地叫着逼迫我們起牀了；我們正玩得高興，它叮叮地叫着，逼迫我們睡覺了；我們肚子不餓，它卻叫我們吃飯；肚子餓了，它又不叫我們吃
段 27 飯……

我們喜歡的是要快就快，要慢就慢，要走就走，要停就停
段 28 的時鐘。

姊姊雖然有幸，將得到一架那樣的時鐘，但在出嫁前兩三
段 29 個月，母親忽然要把它修理了。

「好看只管好看，亂時辰是不行的，」她對姊姊說。「你

去做媳婦，比不得在家裏做女兒，可以糊裏糊塗，自由自在呀。」 段 30

不知怎樣，她竟打聽出來了一個會修時鐘的人，把他從遠處請到家裏，將那架新的拆開來，加了油，旋緊了某一個螺絲釘，弄了大半天。母親請他吃了一頓飯，還用船送他回去。 段 31

於是姊姊的那架時鐘果然非常準確了，幾乎和母親的一模一樣。這在她是禍是福，我不知道。只記得她以後不再埋怨時鐘，而且每次回到家裏來，常常替代母親把那架舊的用日晷來對準；同時她也已變得和母親一樣，一切都按照着一定的時間了。 段 32

我呢，自從第一次離開故鄉後，也就認識了時鐘的價值，知道了它對於人生的重大的意義，早已把憎惡它的心思一變而為喜愛的了。因為大的時鐘不合用，我曾經買過許多掛錶，既便於携帶，式樣又美觀，價錢又便宜。 段 33

我記得第一次回家隨身帶着的是一隻新出的夜明錶，喜歡得連半夜醒來也要把它從枕頭下拿來觀看一番的。 段 34

「你看吧，媽，我這只錶比你那架舊鐘有用得多了，」我說着把它放在母親的衣下。「黑角裏也看得見，半夜裏也看得段 35 見呢！」

段 36 但是母親卻並不喜歡。她冷淡地回答說：

段 37 「好玩罷了，並且是啞的。要看誰走得準、走得久呀。」

我本來是不喜歡那架舊鐘的，現在給她這麼一說，我愈加發現它的缺點了：式樣既古舊、攜帶又不便利，而且擺置得不平穩或者稍受震動就會停止；到了夜裏，睡得正甜蜜的時候，有時它叮叮敲着把人驚醒了過來，反之，醒着想知道是什麼時候，卻須靜候到一個鐘頭才能聽到它的報告。然而母親卻看不起我的新置的完美的掛錶，重視着那架不合用的舊鐘。這真使
段 38 我對它發生更不快的感覺。

幸而母親對我的態度卻改變了。她現在像把我當做了客人似的，每天早晨並不催我起牀，也並不自己先吃飯，總是等待着我，一直到飯菜冷了再熱過一遍。她自己是仍按着時間早
段 39 起，按着時間煮飯的，但她不再命令我依從她了。

「總要早起早睡，」她偶然也在無意中提醒我，而態度卻
段 40 是和婉的。

然而我始終不能依從她的願望。我的習慣一年比一年壞

了：起來得愈遲，睡得也愈遲，一切事情都漫無定時。我先後買過許多錶，的確都是不準確的，也不耐久的；到得後來，索性連這一類錶也沒用處了。

段 41 ________________

但母親卻依然保留着她那架舊鐘：屋子被火燒掉了，她搶出了那架舊鐘，幾次移居到上海，她都帶着那架舊鐘。

段 42 ________________

「給你買一架新的吧，不必帶到上海去。」我說。母親搖一搖頭：

段 43 ________________

「你們用新的吧，我還是要這架用慣了的。」

段 44 ________________

到了上海，她首先拿出那架舊鐘來，擺在自己的房裏，仍是自己管理它。

段 45 ________________

它和海關的鐘差不多準確，也不需要修理添油。只是外面的樣子漸漸老了：白底黑字的計時盤這裏那裏起了斑疤，金漆也一塊塊地剝落了。

段 46 ________________

至於母親，自從父親去世後也就得了病，愈加老得快，消瘦下來，沒有精力做事情。

段 47 ________________

「吃現成飯了，」她說，「一切由你們吧。」

段 48 ________________

段49 她把家裏的事情全交給了我和妻，常常躺在牀上睡覺。

段50 但是她早起的習慣沒有改。天才一亮，她就起牀了。她很容易餓，我們吃飯的時間就不得不和她分了開來。常常我們才吃過早飯，她就要吃中飯。她起初也等待我們，勸我們，日子久了，她知道沒辦法，便逕自先吃了。

段51 「一天到晚，只看見開飯，」她不高興的時候，說。「我還是住在鄉下好，這裏看不慣！」

段52 真的，她現在不常埋怨我們，可是一切都使她看不慣，她說要住到鄉下去，立刻就要走的，怎樣也留她不住。

段53 「鄉下冷清清的沒有親人，」我說。

段54 「住慣了的。」

段55 「把你頂喜歡的子孫帶去吧。」

段56 但是她不要。她只帶着她那架舊鐘回去。第二次再來上海時，仍帶着那架舊鐘。第三次，第四次……都是一樣。

段57 去年秋季，母親最後一次離開了她所深愛的故鄉。她自知身體衰弱到了極度，臨行前對人家說：

「我怕不能再回來了。上海過老，也好的，全家在眼前……」 段 58

這一次她的行李很簡單：一箱子的壽衣、一架時鐘。到得上海，她又把那時鐘放在她自己的房裏。 段 59

果然從那時起，她起牀的時候愈加少了，幾乎一天到晚都躺在牀上，而且不常醒來。只有天亮和三餐的時間，她還是按時的醒了過來。天氣漸漸冷下來，母親的病也漸漸沉重起來，不能再按時去開那架時鐘，於是管理它的責任便到了我們的手裏。但我們沒有這習慣，常常忘記去開它，等到母親說了幾次鐘停了，我們才去開足它的發條，而又因為沒有別的時鐘，常常無法糾正它，使它準確。 段 60

「要在一定時候開它，」母親告訴我們說，「停久了，就會壞的，你們且搬它到自己的房裏去吧，時時看見它就不會忘記了。」 段 61

我們依從母親的話，便把她的時鐘搬到了樓上房間裏。幾個月來，它也很少停止，因為一聽到它的敲聲的緩慢無力，我們便預先去開足了發條。 段 62

但是在母親去世前的一個月裏，我們忽然發現母親的時鐘

異樣了：明明是才開足二三天，敲聲也急促有力，卻在我們不
注意中停止了。我們起初懷疑沒放得平穩，隨後以為是孩子們
段 63 奔跳所震動，可是都不能證實。

不久，姊姊從故鄉來了。她聽到時鐘的變化，便失了色，
段 64 絕望地搖一搖頭，說：

段 65 「媽的病不會好了，這是個不吉利的預兆……」

段 66 「迷信！」我立刻截斷了她的話。

過了幾天，我忽然發現時鐘又停止了。是在夜裏三點鐘。
早晨我到樓下去看母親，聽見她說話的聲音特別低了，問她話
老是無力回答。到了下半天，我們都在她牀邊侍候着，她昏昏
沉沉地睡着，很少醒來。我們喊了許久，問她要不要喝水，她
段 67 微微搖一搖頭，非常低聲的說：

段 68 「不要喊我……」

我們知道她醒來後是感到身體的痛苦的，也就依從着她的
話，讓她安睡着。這樣一直到深夜，我們看見她低聲哼着，想
段 69 轉身卻轉不過來，便餵了她一點點湯水，問她怎樣。

「比上半夜難過……」她低聲回答我們。 段 70

我覺得奇怪，懷疑她昏迷了。我想，現在不就是上半夜嗎，她怎麼當做了下半夜呢？我連忙走到樓上，卻又不禁驚訝起來： 段 71

原來母親的時鐘已經過了一點鐘了。 段 72

我不明白，母親是怎樣聽見樓上的鐘聲的。樓下的房子既高，樓板又有二層。自從她的時鐘搬到樓上後，她曾好幾次問過我們鐘點。前後左右的房子空的很多，貼鄰的一家，平常又沒聽見有鐘聲。附近又沒有報時的雞啼。這一夜母親的房子裏又相當不靜寂，姊姊在唸經、女工在吹折錫箔，間而夾雜着我們的低語聲、走動聲。母親怎樣知道現在到了下半夜呢？ 段 73

是母親沒有忘記時鐘嗎？是時鐘永久跟隨着母親呢？我想問母親，但是母親不再說話了。一點多鐘以後她閉上了眼睛，正是頭一天時鐘自動地靜默下來的那個時刻。 段 74

失卻了一位這樣的主人，那架古舊的時鐘怕是早已感覺到存在的悲苦了吧？唉…… 段 75

周淑屏

和前文〈父親的玳瑁〉一樣，在本文中，作者以母親的時鐘帶出他對母親的思念之情。

透過作者的文字，我們可以看到這個舊時鐘和他母親的性格緊緊相連。首先，我們看到他的母親是那樣珍惜時間、愛惜光陰，例如：

「這在我們簡直是件苦惱的事情，自從有了時鐘以後，母親對我們的監督愈加嚴了。她什麼事情都要按着時候，甚至是早起，晚睡和三餐的時間。

冬天的日子特別短，天亮得遲黑得早。母親雖然把我們睡眠的時間略略改動了些，但她自己總是照着平時的時間。大冷天，天還未亮，她就起來了。她把早飯煮好，房子收拾乾淨，拿着火爐來給我們烘衣服，催我們起牀的時候，天才發亮，而我們也正睡得舒服，怕從被窩裏鑽出來。

『立刻要開飯了，不起來沒有飯吃！』

她說完話就去預備碗筷，等我們穿好衣服，臉未洗完，她已經把飯菜擺在桌上。倘若我們不起來，她是決不等待我們的，從此要一直餓到中午，而且她半天也不理睬我們。

每次每次當她對我們説幾點鐘的時候，我們幾乎都起了恐懼，因為她把我們的一切都用時間來限制，不准我們拖延。我們本來喜歡那架時鐘的，以後卻漸漸對它憎惡起來了。」

此外，作者又寫母親對時鐘的鍾愛與執著，寫她愛惜舊物，及對自己寄予感情的物件的不離不棄之情。

「但母親卻依然保留着她那架舊鐘：屋子被火燒掉了，她搶出了那架舊鐘，幾次移居到上海，她都帶着那架舊鐘。

『給你買一架新的吧，不必帶到上海去。』我説。母親搖一搖頭：

『你們用新的吧，我還是要這架用慣了的。』

到了上海，她首先拿出那架舊鐘來，擺在自己的房裏，仍是自己管理它。」

「真的，她現在不常埋怨我們，可是一切都使她看不慣，她説要住到鄉下去，立刻就要走的，怎樣也留她不住。

『鄉下冷清清的沒有親人，』我説。

『住慣了的。』

『把你頂喜歡的子孫帶去吧。』

但是她不要。她只帶着她那架舊鐘回去。第二次再來上海時，仍帶着那架舊鐘。第三次，第四次……都是一樣。

去年秋季，母親最後一次離開了她所深愛的故鄉。她自知身體衰弱到了極度，臨行前對人家説：

『我怕不能再回來了。上海過老，也好的，全家在眼前……』

這一次她的行李很簡單：一箱子的壽衣、一架時鐘。到得上海，她又把那時鐘放在她自己的房裏。」

在文章最末，作者寫到他的母親病重之時，寫她令人匪夷所思的表現，帶出她與那時鐘之間的微妙關係：

「我們知道她醒來後是感到身體的痛苦的，也就依從着她的話，讓她安睡着。這樣一直到深夜，我們看見她低聲哼着，想轉身卻轉不過來，便餵了她一點點湯水，問她怎樣。

『比上半夜難過……』她低聲回答我們。

我覺得奇怪，懷疑她昏迷了。我想，現在不就是上半夜嗎，她怎麼當做了下半夜呢？我連忙走到樓上，卻又不禁驚訝起來：

原來母親的時鐘已經過了一點鐘了。

我不明白，母親是怎樣聽見樓上的鐘聲的。樓下的房子既高，樓板又有二層。自從她的時鐘搬到樓上後，她曾好幾次問過我們鐘點。前後左右的房子空的很多，貼鄰的一家，平常又沒聽見有鐘聲。附近又沒有報時的雞啼。這一夜母親的房子裏又相當不靜寂，姊姊在唸經、女工在吹折錫箔，間而夾雜着我們的低語聲、走動聲。母親怎樣知道現在到了下半夜呢？

是母親沒有忘記時鐘嗎？是時鐘永久跟隨着母親呢？我想問母親，但是母親不再說話了。一點多鐘以後她閉上了眼睛，正是頭一天時鐘自動地靜默下來的那個時刻。

失卻了一位這樣的主人，那架古舊的時鐘怕是早已感覺到存在的悲苦了吧？唉……」

本文最後一句是這樣的：「失卻了一位這樣的主人，那架古舊的時鐘怕是早已感覺到存在的悲苦了吧？唉……」

這段文字借時鐘的悲苦帶出自己失去母親的悲苦心情，借物抒情，感人至深。

秋夜　魯迅

在我的後園，可以看見牆外有兩株樹，一株是棗樹，還有一株也是棗樹。

段 1

這上面的夜的天空，奇怪而高，我生平沒有見過這樣奇怪而高的天空。他彷彿要離開人間而去，使人們仰面不再看見。然而現在卻非常之藍，閃閃地映着幾十個星星的眼，冷眼。他的口角上現出微笑，似乎自以為大有深意，而將繁霜灑在我的園裏的野花草上。

段 2

我不知道那些花草真叫什麼名字，人們叫他們什麼名字。我記得有一種開過極細小的粉紅花，現在還開着，但是更極細小了，她在冷的夜氣中，瑟縮地做夢，夢見春的到來，夢見秋的到來，夢見瘦的詩人將眼淚擦在她最末的花瓣上，告訴她秋雖然來，冬雖然來，而此後接着還是春，蝴蝶亂飛，蜜蜂都唱起春詞來了。她於是一笑，雖然顏色凍得紅慘慘地，仍然瑟縮着。

段 3

棗樹，他們簡直落盡了葉子。先前，還有一兩個孩子來打他們別人打剩的棗子，現在是一個也不剩了，連葉子也落盡了。他知道小粉紅花的夢，秋後要有春；他也知道落葉的夢，春後還是秋。他簡直落盡葉子，單剩幹子，然而脫了當初滿樹是果實和葉子時候的弧形，欠伸得很舒服。但是，有幾枝還低椏着，護定他從打棗的竿梢所得的皮傷，而最直最長的幾枝，卻已默默地鐵似的直刺着奇怪而高的天空，使天空閃閃地鬼䀹眼；直刺着天空中圓滿的月亮，使月亮窘得發白。

段 4

鬼䀹眼的天空越加非常之藍，不安了，彷彿想離去人間，避開棗樹，只將月亮剩下。然而月亮也暗暗地躲到東邊去了。而一無所有的幹子，卻仍然默默地鐵似的直刺着奇怪而高的天空，一意要制他的死命，不管他各式各樣地䀹着許多蠱惑的眼睛。

段 5

哇的一聲，夜遊的惡鳥飛過了。

段 6

我忽而聽到夜半的笑聲，吃吃地，似乎不願意驚動睡着的人，然而四圍的空氣都應和着笑。夜半，沒有別的人，我即刻聽出這聲音就在我嘴裏，我也即刻被這笑聲所驅逐，回進自己的房。燈火的帶子也即刻被我旋高了。

段 7

後窗的玻璃上丁丁地響，還有許多小飛蟲亂撞。不多久，幾個進來了，許是從窗紙的破孔進來的。他們一進來，又在玻璃的燈罩上撞得丁丁地響。一個從上面撞進去了，他於是遇到火，而且我以為這火是真的。兩三個卻休息在燈的紙罩上喘氣。那罩是昨晚新換的罩，雪白的紙，折出波浪紋的疊痕，一角還畫出一枝猩紅色的梔子。

段 8

猩紅的梔子開花時，棗樹又要做小粉紅花的夢，青葱地彎成弧形了……。我又聽到夜半的笑聲；我趕緊砍斷我的心緒，看那老在白紙罩上的小青蟲，頭大尾小，向日葵子似的，只有半粒小麥那麼大，遍身的顏色蒼翠得可愛，可憐。

段 9

我打一個呵欠，點起一支紙煙，噴出煙來，對着燈默默地敬奠這些蒼翠精緻的英雄們。

段 10

一九二四年九月十五日

梁科慶

〈秋夜〉的首四句，最令語文老師頭痛，因為作者嘮叨冗贅，有違造句簡潔的寫作原則。換一個寫法「後園牆外有兩株棗樹」，已經相當不錯，文字簡練，準確地說明樹的品種、數目、位置，若是造句練習，拿 A 肯定沒問題。可是，〈秋夜〉的作者偏偏是鼎鼎大名的魯迅，不管老師如何用心指導學生修剪冗句，學生一句反問「你比得上魯迅嗎？」老師便啞口無言。也許，語文老師為免尷尬，甚少引〈秋夜〉作教材。

〈秋夜〉最初發表在 1924 年 12 月 1 日第三期《語絲》周刊。當時白話文運動正推行得如火如荼，五四作家不斷努力嘗試，透過各式各樣的修辭實驗，顯示白話文的「功能」和表現力。〈秋夜〉的首四句，乃是魯迅一次得意的實驗之作。

張大春認為魯迅有意識地讓讀者進行「緩慢轉移目光」[1]。魯迅不僅指示讀者「看什麼」和「怎麼看」，還巧妙地運用電影的鏡頭技巧，非常有創意。試想像，畫面是一個站在後園的小孩，導演先來個「大特寫」拍攝小孩雙眼，然後視角從小孩開始，慢慢向牆外轉移，經過一株棗樹，再經過另一株棗樹，接着改用長鏡頭加廣角鏡，從樹頂向上推移，向上拉闊，延展向一片「奇怪而高」的天空。類似的鏡頭組合，是不是曾在某套科幻電影中看過？

〈秋夜〉的文字具實驗性，如果你不放下一板一眼的修辭技法，讀起來，會感到無所適從。

1 張大春：《小說稗類》（台北：聯合文學，1998），頁44。

寫作指引

〈秋夜〉是篇借景抒情的文章，魯迅借秋夜的景色抒發對這些蒼翠精緻的英雄們的敬奠。要表達這份感情，自然景物的描寫就變得很重要。而在魯迅的筆下，〈秋夜〉給人一種很可憐的感覺，所有花草樹木都在冷凍的秋夜中瑟縮、受苦，四周環境則淒淒冷冷。這種感覺是如何營造的呢？

原來魯迅通過擬人法令景物充滿了人性，不但賦予人的行為性格，更擁有思想感情。這令秋天的各樣景物顯得更弱小、孤獨，惹人可憐。我們可以閱讀以下的一些例子：

1.「開過極細小的粉紅花，現在還開着，但是更極細小了，她在冷的夜氣中，瑟縮地做夢。」

2.「有幾枝還低椏着，護定他（棗樹）從打棗的竿梢所得的皮傷。」

3.「鬼映眼的天空越加非常之藍，不安了，彷彿想離去人間，避開棗樹，只將月亮剩下，然而月亮也暗暗地躲到東邊去了。」

4.「兩三個（小飛蟲）卻休息在燈的紙罩上喘氣。」

另外，我們也要留意〈秋夜〉中亦運用了緣情寫景的方法。與將景物當作人來寫的擬人法不同，緣情寫景是一種借景抒情的方法，是把個人的主觀感情投放到客觀的景物之中，令景物渲染上主觀情感色彩。例如第 2 段中寫的「奇怪而高的天空」，這裏並沒有擬人，只是魯迅覺得天空奇怪而已；又如第 3 段寫「顏色凍得紅慘慘地」和第 9 段「遍身的顏色蒼翠得可愛，可憐」，顏色本來就沒有慘不慘、可愛不可愛的分別，魯迅有這種感受，就把感情加進景物中。

在寫景的過程中，魯迅加入了不少主觀情感，寫來相當含蓄。到了結尾，魯迅總算直接説出自己的內心想法 —— 敬奠蒼翠精緻的英雄們。精要的評價，凸顯了魯迅對秋夜花草樹木凋殘的哀悼。

魯迅以「秋夜」為題寫出「可憐」的花草樹木，大家亦可嘗試以一個季節為題，抒發對這個季節的感受，可循以下方法：

1. 利用擬人法描寫該季節特有的風貌景致，如花草樹木的生長情況、天氣變化等特點，突出該季節給人的感覺。

2. 在描寫過程中，運用緣情寫景的手法，在景物上添加自己的主觀情感，如魯迅寫的「顏色凍得紅慘慘地」。

3. 在文章後半部分運用直接抒情漸漸表達出自己對該季節的感受，諸如喜歡、雀躍、哀傷、寂寞、蕭瑟、清爽等。

抒情文